病は気から、死は薬から
薬剤師・毒島花織の名推理

塔山 郁

宝島社文庫

宝島社

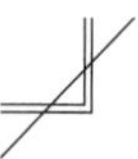

病は気から、死は薬から　薬剤師・毒島花織の名推理

第一話

用法

私は誰、ここはどこ？

年　　月　　日

1

水尾爽太は困惑していた。

三〇三号室に宿泊している美山小夜子という女性から、助けてほしい、と言われたのだ。

声の様子からして、七十代か、あるいはもっと上だろう。チェックアウトの十時を過ぎても音沙汰がないので内線電話をしたところ、

「ここはどこ？　どうして私はここにいるのかしら？」と逆に質問されたのだ。

これまでに色々な客を対応してきたが、そんなことを言われたのは初めてだった。

爽太は左手で受話器を持ったまま、右手でパソコンのキーボードを操作した。小夜子は予約のない客だった。チェックインをしたのは昨日の十六時十五分。預り金として一万円を受け取っている。

「ここは一体どこかしら」

受話器の向こうで小夜子は同じ台詞を繰り返す。切迫感はないが、冗談を言っている風でもない。単純に困惑しているような声色だ。

「そこは神楽坂にあるホテル・ミネルヴァの客室です。お客様は昨日の夕方チェックインされました」

爽太は注意深く返事をした。

「ホテルですって？　困ったわね。どうしてそんな場所にいるのかしら」

そう言われても爽太には返す言葉がない。それで、

「ご家族やお知り合いの方に連絡してみてはいかがでしょうか」と言ってみた。

家族や知り合いに助けを求めた方がいいのでは、という意味を匂わせたつもりだったが、残念ながら通じなかった。

「そんなの無理よ。自分がどこにいるのかわからなくなったなんて恥ずかしくて言えないわ。そんな意地悪なことを言わないで、相談に乗ってちょうだいよ」と返された。

とりあえず恥ずかしいという気持ちはあるようだ。

「思い出すまでここにいてもいいかしら」

はい、とはさすがに言えなかった。

「申し訳ありませんが、この先、満室の日がありまして……」

「あら、そうなの？　困ったわね」

さほど困ってはいない口調で小夜子はため息をつく。

「家に帰りたいけど、どこに帰ればいいのかわからないのよ。ねえ、あなた、私を助けてよ」

なぜここにいるかだけではなく、家の場所もわからないということか。

「連絡先を教えてもらえれば、電話で迎えに来てもらうように言いますが」
「そんなの無理よ。誰も迎えになんか来てくれないわ」小夜子は即座に否定した。
「そんなことより、どこに帰ればいいのか思い出せないのよ。ねえ、あなた、思い出すまでここにいられるようにしてちょうだいよ」

　話が堂々巡りになっている。

　もしかしてわざとやっているのかなとも考えた。最低限の現金を預けた後で、一週間、二週間と予約を延ばして、最後に逃げる手口は無銭宿泊客(スキッパー)の常套(じょうとう)手段でもあるからだ。

　しかし小夜子の口調からそういった雰囲気は窺(うかが)えない。無銭宿泊が目的ならもうちょっとそれらしいことを言うだろう。小夜子は自分の都合を言い張ることしかしなかった。

　次に思い浮かんだのは認知症かもしれないということだった。

　認知症は発症しても、すぐにはわからないという話は聞いたことがある。気がつかないうちに悪化して、外出中に自分がどこにいるのかわからなくなったということもあるだろう。

　しかしそうだとしても、どう対処すればいいのかがわからない。

「申し訳ありませんが、電話を一度お切りいたします。後で連絡いたしますので、しばらくお待ちいただくように願います――」

受話器を置いて、小夜子がチェックインの際に書いた宿泊カードを確認した。はっきりした字で名前と住所が書いてある。

氏名は美山小夜子で、住所は静岡県御前崎（おまえざき）となっている。

連絡先には固定電話の番号が記入されていた。

――よかった。これで身元はわかる。

爽太は安堵（あんど）したが、同時に違和感を覚えた。老齢の女性にしては筆圧が強すぎる。

担当者のサインは笠井（かさい）となっていた。笠井さんは三十代後半の先輩社員で、昨夜は夜勤のシフトに入っていた。夜勤は午後三時から仮眠や休憩をはさんで、翌日の正午までのシフトになっている。今はフロント裏手の事務室でデスクワークをしているはずだ。爽太は笠井さんのもとに行った。

「三〇三号の美山さんですが、昨日チェックインしたときに妙なことはなかったですか」

「三〇三……ああ、あの人か。妙といえば最初から妙だったけどな」

笠井さんは腫れぼったい目をこすりながら、首をかしげた。

「昨日の夕方にふらりと来てさ、ここはミネルヴァかって言うんだ。そうだって答えたら、きょろきょろあたりを見まわして、そのままエレベーターに乗ろうとするんだよ。それで慌てて引き留めた。三〇三号室に行きたいって言うから、お連れさまがお泊まりですかって訊いたけど、よく考えてみたら三〇三はシングルだし、そのときは誰も泊まっていなかった。部屋を間違えているのかと思ったけど、何を訊いても話が嚙み合わなくて、ついには、ここはどこだって言い出す始末だよ。ホテルですって答えたら、じゃあ、泊まりたいって言い出して……」

　笠井さんは自分の不手際を誤魔化すように肩をすくめた。

「怪しいとは思ったけど、部屋が空いているのに追い返すのも悪いと思ってさ。チェックインをしてもらおうとペンを渡したら、そのまま動かなくなって、何も書こうとしないんだ。それで仕方なく俺が代筆したんだよ。聞き取るのに苦労したけど、お金も預かったし、とりあえず一泊だけならいいかと思ってさ」

　つまり最初から言動が怪しかったということだ。

「……そのことで相談が」

　内線電話での小夜子とのやりとりを説明すると、笠井さんの顔がにわかに曇った。

「昨日はそこまでわけがわからない風でもなかったけどな」

「名前と住所は美山さんが自分で口にしたものですか」

「そうだよ。最初はもごもごしていたけど、名前を言って、住んでいるのは御前崎と言った。でもたしかに地番と電話番号は怪しいかもしれないな。もごもご言っていたのを、何度も訊き直して書き留めたものだから……」

　パソコンで住所を調べると、御前崎にそんな地番はないとわかった。電話番号も存在しないものだった。

「おかしいな。たしかにそう言ったと思ったんだけど」

　笠井さんは大げさに顔をしかめて、腕組みをした。たぶん小夜子の言ったことがデタラメだったのだ。

「しょうがない。延泊はお断りしてチェックアウトしてもらおうか」

「でも認知症の疑いもありますし、このまま放り出すわけにはいきませんよ」

「それは仕方ないだろう。ウチは老人介護施設じゃないんだ。自分が誰かもわからない客をそのまま置いておくわけにはいかないよ」

「そうかもしれませんが、でも追い出すというのは乱暴だと思います」

「とにかく俺が話をしてみるよ」

　笠井さんは内線電話を取り上げた。三〇三とボタンを押したが応答はないようだ。

「直接部屋に行ってみるか」

　立ち上がって歩き出した笠井さんが、フロントの手前で、ぎょっとしたように立ち止まる。覗き込むと、フロントのカウンターの向こうにホテルの寝間着を着た白髪の高齢女性が立っていた。カウンター越しに対応しているのは後輩社員である原木くるみだった。

小夜子は胸に抱えたボストンバッグから、紙幣を取り出しくるみに渡した。

「もしかして、あの女性が三〇三の美山さんですか」声をひそめて爽太は訊いた。

「ああ、そうだ」と笠井さんは悔しそうに頷いた。

「遅かった。延泊の手続きをしちまった。デポジットの追加を受けた以上はチェックアウトしてくれとは言えないぞ」

内線電話を切った後で、小夜子はすぐフロントに降りて来たようだ。今日も泊まりたいと申し出て、事情を知らないくるみが受けたのだろう。

「あのお客様、大変申し訳ございませんが、客室から出るときは寝間着ではなく、洋服に着替えるように願います」

手続きを終えたくるみが遠慮がちに言うと、小夜子はにこやかに微笑んだ。

「あら、ごめんなさいね。ちょっと頭が痛くて、また部屋に戻って寝ようと思ったから」

「具合が悪いようならお薬をお持ちしましょうか」

「いらないわ。私、薬は嫌いなの」

「ではお掃除はどうしましょう。早めにすることもできますし、しなくても構わないなら係にそう言いますが」

「じゃあ、今からしてちょうだい。終わるまでそこで待っているわ」

小夜子はボストンバッグを抱えてフロントを離れた。ロビーのソファにちょこんと座る。寝間着のままでロビーに居座られるのは体裁が悪いが、今はそれよりも優先することがある。他の客がいないことを確認して、くるみを裏の事務所に呼び寄せる。小夜子との話の内容を確認すると、二泊分の預り金を追加で受け取ったとのことだった。

「どうしたんですか」

怪訝（けげん）な顔をしているくるみに事情を話す。

「……そういうことですか。それであの格好で部屋から出てきちゃったわけですね」

「仕方ない。お金を預かったならスキッパーではないということだし、これ以上の延泊は断って、明後日（あさって）にチェックアウトしてもらうようにみんなに言おう」

笠井さんがため息をついたが、くるみは即座にかぶりをふった。

「ダメですよ。今の話を聞いたら放っておけません」

くるみは認知症の祖母と同居している。家族で分担して介護をしていることもあり、この一件を他人事（ひとごと）とは思えないようだった。

「そうは言っても、これはホテルの仕事とは関係ない話だぞ」笠井さんはにべもなく首をふる。

「関係なくはないですよ。困っているお客様がいたら手助けをするのは私たちの仕事です」

「できることなら助けてあげたいよ。でも話が通じないんだ。できないことを無理にしようとするのは時間の無駄だよ。我々がするべき仕事は別にある」

笠井さんに言われて、くるみはむっとした顔をした。

「なんだよ。怒ったのかよ。でも、俺の言うことは間違ってないぞ」

「わかりました。でもひとつ気になることがあるんです」

「なんだよ。気になることって」

「あの女性の抱えていたボストンバッグです。くたびれていますが、あれは海外の有名ブランドの限定品ですよ」

爽太と笠井さんは同時にロビーを覗き込んだ。寝間着姿の小夜子がソファに腰かけている。ボストンバッグを胸に抱えて、何をするでもなくぼんやり虚空に目をやっていた。

「それにボストンバッグの中には、お札の入った封筒がありました。預り金もそこから受け取ったんです。ちらっと見えたんですが、数百万円はありそうでした。ホテルから追い出して、行く場所がないまま街をふらふらして、もし犯罪にでも遭ったら……」

くるみは責めるような視線を笠井さんに向ける。

「いや、それはウチが関知する問題じゃないだろう」笠井さんは嫌そうな顔をした。

「水尾さんはどう思いますか」

「たしかに追い出すのはどうでしょうか。法的な責任はなくても、道義的な責任はあるような気がします」

爽太はくるみを援護した。

「そうですね。チェックアウトをした美山さんがトラブルに遭ったら、きっと笠井さんも後悔すると思います」

「そうは言ってもこのままずっと泊まらせておくわけにはいかないぞ。もしも認知症ならどんどん悪くなるかもしれないし」

「ずっと泊まらせるとは言ってません」

「じゃあ、どうするんだよ」

「とりあえず話を聞いてみます。常日ごろ祖母に接していて、認知症の方の扱いには慣れていますので」

まだ認知症と決まったわけではないが、この状況ではくるみに任せるのがベストだろう。

「話をしてきますので、三〇三の清掃を先にしてもらうように中野（なかの）さんに言ってもらえますか」

中野さんは客室係の責任者だ。爽太は内線を使って中野さんにその旨を伝えた。

くるみは小夜子に近づくと、腰をかがめて、目線の高さを小夜子に合わせた。笑みを浮かべて、ゆっくりとした口調で話しかけている。五分ほどしてから戻ってきた。

「どうだった？」

爽太と笠井さんは同時に訊いた。

「微妙ですね。名前は憶えていますが、それ以外ははっきりしません。どこに行こうとしていたのかも、家がどこなのかもわからないみたいです。代わりに調べましょうかと言ったら、そうしてほしいと言われました。部屋を見てもいいそうで、掃除が終わったら一緒に部屋に行ってきます」

部屋に身分証明書の類いがあれば名前も現住所も確認できるし、携帯電話があれば家族や知り合いの連絡先がわかる。そのどちらかがあれば大事になることはないだろう。

爽太はほっとしたが、笠井さんは別のことを考えたようだった。

「ちょっと待った。彼女が高価なボストンバッグや現金を持っているなら、迂闊に部屋に行かない方がいい。認知症を装って、ホテルのスタッフに助けを求めるふりをしているのかもしれない。部屋で話をした後、ボストンバッグに入れておいた金が減ったとか、私物がなくなったとか言ってくるかもしれないぞ」

　そういう手口の詐欺師かもしれない、と笠井さんは声をひそめた。

　爽太とくるみは同時にロビーの小夜子に目をやった。ソファにちょこんと腰掛けている小夜子は、無害な老女にしか見えなかった。

「さすがに考えすぎじゃないですか」

　爽太は言ったが、笠井さんは険しい顔でかぶりをふった。

「君たちはまだ若いから知らないだろうが、世の中には、身重の妻と幼い子供を連れて高級ホテルを渡り歩くスキッパーだっているんだぞ。頭から信用してかかると痛い目に遭う。疑ってかかるくらいでちょうどいいんだ」

　爽太は反論しようとしたが、意外にもくるみがその話に頷いた。

「たしかに気をつけた方がいいですね」

「原木さんも、あの女性が詐欺師かもって疑うの？」

「そうではなくて認知症特有の症状に〈妄想〉があるんです。初期の頃からしばしば現れる現象で、他の場所に置いた財布やお金を周囲の人に盗られたと主張します。その場合、私が部屋を訪ねた後で、何かがなくなったと言い出すかもしれません。それについては注意を払う必要があると思います」

　たしかにお金を盗られたとか、ご飯を食べていないと言い出す認知症患者の話はテレビや本で見たことがある。

「じゃあ、部屋に行くのはやめておく？」

「一人じゃなくて二人で行きましょう。水尾さん、一緒に部屋に来てください。水尾さんは部屋の物に触らないで、私の行動を監視するようなそぶりをしてください」

それだけでは解決できないことだろうけれど、一人で行くよりはいいということになった。

三十分後。中野さんから掃除が終わったという連絡をもらって、爽太とくるみは小夜子を伴い三〇三号室に行った。何かあった場合にそなえて、爽太は自分のスマホをポケットに入れた。

部屋の中はがらんとしていた。滞在中であれば衣類や細々(こまごま)とした日用品が置いてあるものだが、小夜子の部屋には何もない。ボストンバッグ以外の荷物は、クロゼットのハンガーにジャケットとワンピースがかかっているだけだ。

「……持ち物はこれだけですか」

ボストンバッグの中を見せてもらったくるみが、困惑したように小夜子に訊いた。

「ええ、そうよ」小夜子はおっとりした口調で返事をする。

「財布とか携帯電話はお持ちになっていませんか」

「あるわよ。そこに入ってない？」

くるみはボストンバッグを覗き込む。

「……ないですね」

「あら、変ね。バッグに入れておいたはずだけど」

深刻さを感じていないような口調で小夜子は答える。

「中の物を外に出させてもらってもよろしいですか」

「いいわよ」

くるみはボストンバッグの中身をサイドテーブルに並べた。

化粧ポーチと小さな水筒、着替えや下着の入った巾着袋、そして現金の入った茶封筒。その中には銀行の帯封のついた一万円の束が五つある。ひとつ百万円だとして、五つで五百万円。現金の扱いが無造作なことに首筋がちりちりとした。二人で来てよかったとあらためて思った。

ボストンバッグの中身をすべて出しても、財布や携帯電話は見つからなかった。もちろん身分証明書の類いもない。

「もしかして落としたのかな」

小夜子には聞こえないように、爽太はくるみの耳に口を寄せてつぶやいた。

「そうですね。置き忘れたか、盗られた可能性もありそうですね」

くるみも小声で言葉を返し、それから小夜子に向き直った。

「最後に財布や携帯電話を使ったのがいつかは覚えていますか」

「さあ、いつだったかしら」

小夜子は何も覚えていなかった。

「仕方ないですね。もっと他のことを訊いてみます」

ベッドに腰かけてぼんやりしている小夜子の横で、くるみは顔を寄せるように膝をかがめた。

「美山様は、静岡県の御前崎からいらしたんですよね。つかぬことをお訊きしますが、東京にはどういった用件でいらしたんですか」

「それがよくわからないのよ。どうして私はこんなところにいるのかしら」

「ボストンバッグを持っているところを見ると、旅行に来られたのではないかと思うのですが。一人で来られたのか、それともどなたかと一緒に来られたのですか」

同伴者がいたが、どこかではぐれたという可能性もあるわけだ。もしそうなら同伴者は小夜子を探していることだろう。

「……どうだったかしら。電車に乗ったことは覚えているけれど」

「電車では誰かと一緒でしたか。それとも一人でしたか」

「一人よ。その方が誰にも気がねしないですむでしょう」

同伴者はいないということか。

「東京で誰かと会う約束だったとかはありますか？」

「うーん、そうねえ」

　小夜子はまたも首をかしげて固まった。何かを思い出そうとしているのかと思ったが、いくら待っても返事はない。どうやら思い出そうとしているのではなく、ただぼんやりしているだけのようだ。

「……美山様はこれからどうしたいと思いますか」

　くるみは質問の内容を変えた。

「家に帰りたいわ」即答だった。

「家がどこにあるかはわかりますか」

「えーと……どこだったかしら」

「慌てなくていいです。ゆっくり思い出してください」

「……ここまで出ているのに思い出せないのよね」小夜子は人差し指をこめかみに当てて、ぐりぐりと回す。

「静岡県の御前崎からいらしたとチェックインの際にうかがったようですが」

「御前崎……そうよ。私はそこで育ったの」

「住んでいる町名や住所はわかりますか」

「えーとね……ああ、そう」

小夜子は顔を明るくして、ぽんと手を打った。出てくる言葉を聞き逃さないように、爽太は息を止めて身を乗り出した。

「たしかミネなんとかってところだったわね。ミネ、ミネ……ルンバだったかしら」

膝の力が抜けそうになる。

「それはこの場所ですね。美山様がいらっしゃるのがホテル・ミネルヴァです」

がっかりした気持ちを顔に滲ませてくるみが言った。

「あら、そうなの？　じゃあ、ここが私の帰る場所？　でも全然見覚えがないわ。ここは私の家じゃないみたい」

小夜子は不思議そうに部屋の中をきょろきょろと見まわした。

「ここはホテルです。美山様は昨日からここに泊まっているんですよ」爽太が横から言い添える。

「あら、そうだったの？　でもどうしてここにいるのかしら？　家に帰りたいんだけど、あなた、私を連れて行ってくれないかしら」

小夜子は助けを求めるように爽太に言った。

「家がどこかわかればお連れできるんですが……」爽太は答えた。

「私の家……どこだったかしら。歩いていけば見つかると思うけど」

それはさすがに無理だろう。その後も質問を続けたが、はっきりした答えは返ってこなかった。このまま質問を続けても収穫は得られそうにない。

「どう思う？」

小夜子から離れて爽太はくるみに訊いた。

「認知症の可能性はありそうですね。認知症の記憶障害は短期記憶ほど失われやすくて、長期記憶は保たれやすいという特徴があるんです」

他にも時間や場所、周囲、人との関係を理解して見当をつける能力や、計画を立てて行程をこなしていく能力が低下したり、物事を適切に理解して、判断することが難しくなるそうだ。

「もともとその兆候はあって、旅行に出た後で症状が進行して、自分がどこに行こうとしていたのかわからなくなった――ということでしょうか。もちろんお医者さんに診てもらわなければはっきりしたことはわかりませんが」

かすれた歌声が聞こえて、二人はぎょっとして小夜子に目をやった。ベッドに腰かけたままで小さく何かを歌っている。はっきりわからないが昔の童謡のようだった。

「――最近のことは忘れても子供の頃のことは覚えているんです。ウチの祖母も一人でよく昔の歌を歌っています」声をひそめてくるみが言った。

「認知症だとしたら、どうすればいいのかな」

「まだ初期なら、一時的に悪くなっているだけかもしれません。旅行に出るには計画性と行動力が必要ですし、少なくとも出かける前はそれらがあったということです。いまは正常な部分と異常な部分が混在している状態だと思います」

「混在しているなら、よくなる可能性もあるのかな」

放っておいて記憶が戻るなら、慌てる必要はないわけだけど。

「それはなんとも言えませんね。逆にもっと悪くなる可能性もありますし。今するべきことは専門のお医者さんに診てもらうことだと思います」

といっても無理やり医者に連れて行くこともできない。どうしようもなくなったら警察や行政機関に連絡するしかないだろうが、現時点ではそこまで大事にするのもはばかられた。預り金を受け取ってもいるし、とりあえず明後日まではこのまま様子を見るしかないだろう。

「様子を見ると言っても簡単ではないですよ」くるみは眉をひそめた。

「家に帰りたいと言っていることですし、目を離した隙にふらりと出て行ってしまうかもしれません」

認知機能が低下した高齢者が街を徘徊(はいかい)した末に、犯罪に巻き込まれたり、ホームレスになったり、あるいは行き倒れて亡くなるケースは実際に多いとのことだ。

「社会問題にもなっていて、認知症の患者さんを抱えた家族はいつもそれを気にしています」

くるみの言葉に爽太は部屋をぐるりと見まわした。

「それなら今できることはすべてしておこう。この中をもう一度見てみよう」とクローゼットを指さした。

小夜子の許可をとってクローゼットの扉をあける。抽斗をあけて隅まで見たがハンガーにかかったジャケットとワンピースの他には何もない。

「ポケットに何か入っているか確かめた？」爽太はジャケットを指さした。

「そこまではしていません」

「確かめてみよう。何か手がかりがあるかもしれないし」

「わかりました。……あの美山様――」

小夜子の許可を取って、くるみがジャケットのポケットに手を差し込んだ。パスケースあるいは病院の診察券でも入っていないかと期待したが、レシートが一枚出てきただけだった。

「タクシーのレシートです」

五月二十二日、十五時五十七分と記録があった。昨日の日付だ。すると小夜子はタクシーでホテルまで来たわけか。小夜子にもう一度確認してみると、電車の後で車に乗ったかもしれないと言い出した。

「ということは携帯電話や財布の入ったバッグを、このタクシーに置き忘れたのかもしれない」

爽太の考えにくるみも同意した。

「よく考えてみれば、女性が旅行に行くのにボストンバッグしか持たないのは変です。手提げの鞄を別に持っていて、それをタクシーに置き忘れたのかもしれません」

レシートには令明交通という会社名と１０３４という車両番号が印字されている。タクシーに忘れ物があればそれでよし。なくても事情を話せば、何か他の情報がわかるかもしれない。小夜子に断って、スマートフォンでそのレシートを撮影した。レシートをジャケットのポケットに戻すと事務所に戻った。

タクシー会社に電話をして事情を説明すると、折り返し連絡するとの回答だった。

十分ほどしてコールバックがあった。運転手に訊いたが忘れ物はなかったそうだ。降ろした場所もホテルの前で間違いないという。ただそれ以外は個人情報になるので教えられないとの説明だった。

爽太は事情を説明して、なんとかタクシーに乗った場所を教えてもらえないかと頼み込んだ。オペレーターの女性は「申し訳ございませんがそれはできかねます」と答えながらも「担当の運転手はその時間、東京駅近辺で客待ちをすることが多いようです」とだけ教えてくれた。

爽太は礼を言って電話を切った。自然に考えれば、御前崎から東京駅まで列車で来て、その後でタクシーに乗ったということになるだろう。

「タクシーに忘れていないのなら、最初からボストンバッグ以外の荷物はなかったということですかね」

「それともタクシーに乗る以前に置き忘れたのかな。電車とか待合所とか、あるいは駅のトイレとか」

そうだとしたら探すのは難しい。忘れた場所どころか、どんな鞄かさえもわからないのだ。

笠井さんに確認すると、チェックインのときは、やはりボストンバッグから一万円を出して預けたとのことだった。だとしたらタクシーに乗る時点でなくしていたのかもしれない。

考えあぐねて時計を見ると、もうすぐ正午になるところだった。

夜勤明けの笠井さんがあがる時間だ。とりあえずここまでの事情を上司に報告する必要がある。フロント支配人の本橋(もとはし)さんが公休だったので、高田(たかだ)総支配人の元に三人で行った。フロント、レストラン、管理部門を統括する総支配人に話をするのは、いつもながら緊張する。

報告を受けた総支配人は、「どうにもナイーブな問題だな」と眉間にしわを作った。

「ウチの親戚にも認知症患者がいるんだが、家族は日々大変な思いをしているという話は聞いたことがある。その三〇三号室のお客様にも家族がいれば心配していると思うが、そういうことは確認したのかね」

「話をした限りでは、家族とは同居していないような口ぶりでした。あくまでも私の印象ですが」くるみが答える。

「それが正しければ家に帰らなくても心配する人はいないということか。とりあえず警察に行方不明者の届けが出ているかを確認してみるか。一人暮らしでも、家族や親族がいれば心配しているかもしれない」

「あの、それで少し気になることがあるんですが」

総支配人の顔をうかがうようにくるみが言った。

「なんだね」

「それがですね……」と言いかけた後で、

「すいません。考えすぎかもしれませんので、まだ言わないでおきます。それよりも現時点で心配なのは美山さんがふらふらと外に出たまま、どこかに行ってしまうことです。本人のことも心配ですし、荷物や多額の現金を部屋に置いたまままいなくなられると、ホテルとしても取り扱いに困ると思います」

「たしかにそうだが、ずっとその女性を見張っているわけにもいかないだろう。いや、それどころか出ていくのを止めるわけにもいかないぞ。美山さんは宿泊客なんだから、こちらから行動の制限ができるはずもない」

「はい。それは承知しています。でもこのままにはしておけないですよね。それで相談ですが、美山さんのことを調べる時間をもらえませんか、幸いと言っては何ですが、今日はフロントの仕事も忙しくないですし」

「調べると言っても、何をどう調べるんだね。話を訊いたがはっきりした答えは得られなかったんだろう」

「それについては考えがあります」

くるみはその考えを説明した。

それを聞いて、なるほど、と爽太は唸った。その発想は面白い。試してみる価値はありそうだ。総支配人も同じ思いを抱いたようだが、

「うーむ。たしかにその可能性はありそうだ。わかった。任せよう。しかし一人でそれをするのは大変じゃないか」と言った。

「はい。誰かに手伝ってもらえると助かります」

言いながらくるみは爽太の顔をちらと見た。まあ、そうなる予想はできていた。

「わかりました。手伝います」

「お願いします」

くるみはにっこり笑って頭を下げた。

2

地方に住む七十代の女性が、ホテルを予約しないままで東京に来るはずがない。小夜子は別のホテルを予約していた。ウチに来たのは小夜子がうろ覚えだったためにタクシーの運転手が間違えたせいだ。それがくるみの考えたことだった。

「美山さんが予約したホテルは別にあると思います。そのホテルを探せば、予約したときの記録が残っているはず。それが確認できれば住所や連絡先がわかると思います」

「でも顧客の個人情報を教えてくれるかな」

「たしかに宿泊客の予約であれば教えてもらえないと思います。でも私たちが知りたいのは泊まらなかった客（ノーショウ）の情報です。昨日、美山小夜子という名前でノーショウの予約はなかったか。それだけなら同業者のよしみで回答してくれるホテルは多いと思います」

「あるという返答のホテルがあったら、その後のことはそれから考えればいいわけか」

爽太は納得したが、実行に当たってはもうひとつ問題があった。

「どこまでの範囲で電話をするかということだけど」

近隣のエリアといえば新宿区、千代田区、文京区、渋谷区あたりが範囲になるだろう。しかしどういう理由で運転手がここに連れて来たかがわからない。

「二十三区にどれくらいホテルがあるか知っている？」

検索結果を見ながら爽太はくるみに訊いた。

「五百軒くらいですか」

「千軒を超えている。あくまでも予約サイトに登録されている件数だから、実際にはもっと多いだろうね」

「そんなにありますか」

くるみもそこまでとは思っていなかったようだった。すべてのホテルに連絡をすることは物理的に不可能だ。ＦＡＸで一斉送信できれば楽だが、見ることもなく捨てられたら打つ手がない。

「ホテル連盟の掲示板にスキッパー情報をあげるスレッドがあるけど、それを使うのはどうだろう。そうじゃなければＳＮＳで拡散させるとか」

「ＦＡＸと同じで、掲示板も見なければ終わりです。ＳＮＳは個人情報の件でＮＧですね」

わかっていたことだが、くるみにダメ出しされて爽太はため息をついた。

「仕方ない。とりあえず近場からはじめよう」

爽太は受話器を取り上げた。

『お世話になっております。

私、神楽坂にあるホテル・ミネルヴァの水尾と申します。

確認したいことがあってお電話いたしたのですが、フロントのご担当者様をお願いできますか。

……。

お忙しいところ申し訳ありません。

私、ホテル・ミネルヴァの水尾と申します。

つかぬことを伺いますが昨晩、美山小夜子という女性のお客様のノーショウがなかったでしょうか。

実は当ホテルに予約なしで宿泊いただいたのですが、お具合が悪いようで、近親の方に連絡を取りたいのです。

しかしご本人にお聞きしてもはっきりしない状態で……。

電話番号は記入いただいたのですが、かけても繋がらない状態です。

救急車を呼ぶほどの症状ではないのですが、このままにはしておけないと不安がありまして。

住所は静岡県の御前崎です。

ただし本人の記憶にあやふやなところがあるので、もしかしたら違う可能性もあります。

はい。ありがとうございます。

……このまま待ちます。

……。

……はい。

ないですか。ええ、七十代女性のお客様ですが。

そうですか。ありがとうございます。

予約をしたのかどうかも確証はないような状況ですが、念のために周囲のホテルに確認をしているところです。

とんでもありません。お忙しいところお手を煩わせて恐縮です。

ご協力ありがとうございます。

失礼いたします』

こんなやりとりを一軒一軒くり返した。

二時間かけて、二人で七十件以上のホテルに電話をした。しかし美山小夜子というノーショウのゲストはいなかった。簡単なことではないとわかってはいたが、これだけ空振り続きだと自信を失う。

「やっぱりダメですか。あーあ、自信があったのになあ」

最初は張り切っていたくるみも、結果が出ないことでがっかりしたようだ。

「旅行に来るならホテルを予約するはず。その考えは悪くないと思う。でも都内のホテルの数が多すぎる。どうしてウチと間違えたのか、そのへんの経緯もわからないとなかなか絞り込めないね」

ここらで一旦休憩にしようか、とくるみを慰めた。

「そうですね。お腹が減ったし、お昼にしましょうか」とくるみも頷いた。

「そういえば当の美山さんは部屋にいるのかな。食事はどうしているんだろう」

「昨日の夜はコンビニでお弁当を買ったみたいです」

ロビーで話をしたときに確認したそうだ。

「コンビニで買い物はできるんだ」

「でも朝は食べてないかもしれません」

「じゃあ、お腹を減らしているかもしれないね」

「すっかり失念していました。何か買ってきてあげたほうがいいですね」

くるみは立ち上がって、「ちょっと訊いてきます」と事務所を出て行った。

一人残った爽太は、ふと考え込んだ。今の話に違和感を覚えたのだ。

……なんだろう。

しかし考えてもわからない。くるみはすぐに戻ってきた。

「食べてないみたいです。コンビニでおにぎりを買ってくるように頼まれました」

手には一万円札を持っている。

「じゃあ、原木さんが先に休憩に行って……」

そう言いかけて違和感の正体に気がついた。

「昨晩はコンビニのお弁当を食べたと言っていたよね。でも朝部屋に行ったときには空の容器はなかった。一体どこにやったのかな」

「別に不思議じゃないですよ。行く前に掃除が入りましたから」

何事もないようにくるみは言った。そうだった。爽太が中野さんに頼んだのだ。

「お弁当の容器はそのときに片づけたのだと思います」

だから部屋に行ったとき、あんなにすっきりしていたわけだ。

「掃除のとき、ごみ箱の中に何があったか確かめた？」

客室係の心得として、掃除のときはごみ箱に入っている物以外には手をつけないというルールがある。ゴミに思える物でも、テーブルや床に置いてある限りはお客様の私物なのだ。だから基本的に客室係はゴミ箱に入っている物以外には手をつけない。逆にゴミ箱に入っている物はすべて捨てることを基本とする。間違えて捨てたり、誤って落ちた物がないかの視認はするが、そのひとつひとつを詳しく調べることはしないはずだ。通常、それで問題はないのだが、今回に限っては事情が違う。そこに小夜子の身元や行き先に関わる物があるかもしれない。

「ゴミのチェックをするんですか」

くるみが鼻の付け根にしわを寄せる。ゴミの確認は楽しい仕事ではない。特に食事前にするのは嫌だろう。

「いいよ。たいした量じゃないだろうし一人でやるよ」

「でも悪いです」

「美山さんのおにぎりを買って来なきゃいけないんだろう？　行ってきなよ。その間にやっておく。そのまま自分の休憩も取っていいから」

「いいんですか」

「ああ、構わない」

「……わかりました。行ってきます」

「あっ、その前にひとつ教えてよ」

爽太はあることを思い出して、くるみの肩越しに声をかけた。

「さっき総支配人の前で何か言いかけたけど、あれは何を言おうとしたのかな」

「ああ……たいしたことじゃないです」くるみは困った顔で言い淀む。

「何か気になることがあった？　手がかりになるかもしれないから教えてよ」

「……大声で言えないことなんですが、あのボストンバッグが美山さんには不釣り合いじゃないかという気がしたんです。服装に比較してあのバッグだけが高価すぎるというか……。でも一点豪華主義で時計やバッグだけにお金をかける人もいるし、そういうことを言うのは失礼かなと思って言うのをやめました」

くるみはバツの悪そうな顔をする。たしかに宿泊客を値踏みしているようで言いづらい。

「雰囲気的にお金持ちという感じはしないけれどね。でもお金を持っていることを見せびらかせたりしない人も世の中には大勢いるし」

「そうですよね。そう思って私も言うのをやめました」

くるみは頭をさげて事務所を出て行った。

爽太は中野さんに事情を説明して、建物の裏手にあるゴミ置き場に向かった。

ゴミは分別されて保管されている。ペットボトルや瓶などは一ヶ所にまとめて集められてあるが、普通ごみは階と部屋の位置ごとに袋に入れられてある。レストランで出る生ゴミ等はコンテナに入れられているため、部屋から出たゴミと混じることはない。

３０３と黒の油性ペンで書かれているゴミ袋の口を爽太はあけた。袋には少量のゴミしか入っていなかった。小夜子の希望で早めに掃除を終えたため、他の部屋のゴミと混じることがなかったのだ。

　マスクと使い捨てのビニール手袋をつけて中をあらためた。コンビニの袋に入った弁当の空容器とティッシュペーパーやコンビニのレシート等の紙ごみ、そしてくしゃくしゃに丸めた白いポリ袋。コンビニのレシートにはおにぎり弁当の記載しかない。弁当以外に買った物はないようだ。次に白いポリ袋の口を開けてみた。手に取った感触ではさほど嵩(かさ)があるようには思えなかったが、中を見て驚いた。真新しい薬が入っていたのだ。

　その薬は桃色の楕円(だえん)形の錠剤が三つでひとつのＰＴＰシートに入っていた。しかも錠剤を包装するＰＴＰシートに名前や飲み方が直接印刷されている。

〈マギレット配合錠　一日分　一回３錠　食後に服用〉

　薬の容量用法、飲むタイミングは薬剤師が手渡す薬剤情報提供書に書かれているものだと思っていた。服用者にここまで親切な薬は初めてだ。

　もしかしてこれは認知症の薬ではないか、と爽太は考えた。高齢の認知症患者でも飲み忘れをしないようにという配慮から、ここまでしてあるのではないのだろうか。

　薬はポリ袋に入っていて、調剤薬局の名前が入った薬袋(やくたい)や調剤明細書、薬剤情報提供書は見当たらない。

爽太はその薬を持って事務所に戻った。そしてパソコンで薬の名前を検索した。すると認知症ではなくC型肝炎の治療薬だとわかった。

C型肝炎はウイルスの感染によって引き起こされる肝臓の病気で、自覚症状がないために慢性化することが多いそうだ。治療しないままに放置すると肝硬変や肝がんを引き起こすこともある。かつては完治が難しい病気とされていたが、抗ウイルス薬が開発されたことで治療法が確立された。

マギレットは経口の直接ウイルス阻害薬だった。一日一回3錠をまとめて食後に服用することで高い治療効果をあげるようだ。継続期間は八週間から十二週間と書いてある。しかし捨てられていたのは十四日分だった。

残りは自宅にあるのか、あるいはすでに服用したということだろう。問題はこれがゴミ箱に捨ててあったということだ。誤って捨てたのか、あるいは自分が薬を服用していることを忘れてしまったのか。小夜子本人に確認しようと思い、部屋に行ってドアをノックした。しかし返事はなかった。寝ているのかもしれない。

さて、どうしよう。

最初に頭に浮かんだのは、毒島（ぶすじま）さんのことだった。

毒島さんは、フルネームを毒島花織（かおり）といって、近所のどうめき薬局に勤める薬剤師だった。

年齢は三十歳前後で爽太よりも四つか五つ年上だろう。優秀な薬剤師であるとともに、鋭い直観力と洞察力の持ち主でもある。真面目で誠実、そして飾らない性格に、爽太は仄（ほの）かな恋心を寄せていた。しかし当の毒島さんは爽太のことを薬に興味がある稀有（けう）な一般人としか思っていない。これまでにも薬の相談には乗ってもらっているので、今回のことも質問をすれば、快く答えてくれるだろうことはわかっていた。

しかしこれまでも助けてもらってばかりいることが気にかかった。とりあえず自分で調べられることはすべて調べてから相談するべきだろうと思われた。

爽太はパソコンでさらに薬の情報を検索した。色々なサイトを見ているうちに、薬価という項目に目が留まった。

〈１錠　２４、２１０円　１日薬価　７２、６３０円〉

桁を見間違えたかと思って目をこすった。しかし何度見直しても間違いはない。捨ててあった錠剤は３錠一組で十四日分だった。合計で百一万六千八百二十円となる計算だ。

手元のポリ袋に入った薬に目をやった。

これだけで百万円を超えている？

首筋の毛が逆立った。くるみが帰ってくるのを待つ余裕もない。爽太はすぐにどうめき薬局に電話をした。

3

「その薬価データは発売当時のものですね。今はそれよりも安いです」

毒島さんの返事を聞いて、爽太はほっと息をついた。どうやら昔のデータを見ていたようだ。しかし毒島さんの次の言葉に再び息がつまった。

「現在の薬価は1錠あたり一万八千三百二十七円です」

安くなってもまだそれか。十四日分でおよそ七十七万円。やはり簡単にゴミ箱に捨てていい薬ではないはずだ。

「その美山さんという方が、捨てたかどうかの確認は取れてないということですか」

「原木さんが戻ったら、部屋に行ってもう一度訊いてみます。でも認知機能に問題があるようで、どういう答えが返ってくるのかはわかりません」

「美山さんの物だとわかればいいですが、それでも問題は残ります。マギレットは血中濃度を保つため、決まった容量用法を厳密に守る必要がある薬なんです。最後に飲んだのがいつなのか、それを忘れているようだと担当医に相談する必要が出てきます」

ただ薬を返せばいいということではないらしい。

「薬を飲んでいること自体を忘れている可能性もありますね。私もその方の返事を知りたいです」

勤務中に電話をしたにもかかわらず、毒島さんは丁寧に相談に乗ってくれた。

「すみません。仕事中なのに関係のないことでお手を煩わせて」

「今日は空いているので大丈夫です。今は予製を作っていたところです」

予製とは、頻繁に処方される薬剤の錠数をあらかじめ束ねておくことだと前に聞いたことがある。

「この後、私はお昼を取ります。もしも何かわかったら連絡をください」

「わかりました。面倒ばかりかけてすみません」

爽太は心からの謝辞を口にした。毒島さんと会って十ヶ月、ほとんどの場面で爽太は毒島さんに助けを乞うて、礼を言っている。

「気になさらないでください。水尾さんの助けになれることは私も嬉しいです。これほど薬のことを気にかけてくれる一般の方はなかなかいないので……。この件だって、知らんふりをしてもホテルの仕事に支障はないはずです。ゴミ箱から薬を見つけたことで、服用しなかった持ち主の健康を気にかけて配慮する。一般の方がそこまでしているのに、それに応えることができなかったら、私は薬剤師として失格です」

そこまで言われると逆に申し訳なく思う。毒島さんの言っていることは間違いではないが、過去に薬のことで相談を持ちかけたのは、薬に興味があると同時に、単純に毒島さんと話をしたいという理由があったからだ。誤解されているのをいいことに、好意に甘えてきたという負い目が爽太にはあった。

そのことを謝って、きちんと思いを伝えたいという気持ちはあるが、少なくとも今はそのときではないだろう。

まずは小夜子のことが最優先だと爽太は考えた。

電話を切ったすぐ後に、くるみが休憩を終えて戻ってきた。薬を見つけた経緯と毒島さんから聞いた話を説明するとくるみも驚いたようだった。

「わかりました。一緒に行きましょう」

一緒に三〇三号室に行ってドアをノックした。目を覚ましていたようで小夜子は自らドアをあけた。くるみが買ってきた食べものとおつりを渡して、ゴミ箱にあった薬のことを質問した。

「薬なんて知らない。私のじゃないわ」

怒ったように言われて、いきなりドアを閉められた。くるみと顔を見合わせる。

「美山さんの薬ではないということですが」

「この部屋から出たゴミであることは間違いないいんだけどな」

「そういえばさっきも頭が痛いというので、薬をお持ちしましょうかと訊いたら、薬は嫌いだと言ってましたよ」

「仕方ない。毒島さんにはそう報告するよ」

一階に降りて毒島さんに連絡を入れる。毒島さんは、どうめき薬局のはす向かいにある喫茶店〈風花(かざはな)〉にいるようだった。

これ幸いと爽太も昼食をそこで取ることにした。

それを告げると、「頑張ってくださいね」とくるみは意味ありげな笑みを浮かべた。自身も毒島さんに助けてもらった経験があるくるみは、爽太と毒島さんがうまくいくことを期待している節がある。

「まあ、とにかく行ってくるよ」

曖昧に返事をして、爽太はホテルを出た。


ランチタイムが終わっていたので風花は空いていた。

毒島さんは窓際のテーブルに座っていた。長い黒髪、黒縁の眼鏡(めがね)、意志の強そうなまっすぐな眉毛と、去年の夏に初めて出会ったときと変わっていない。

爽太は斜め向かいに席を取って、ナポリタンとコーヒーを注文した。毒島さんの前には空になったサンドイッチの皿がある。

爽太は持ってきたマギレットの錠剤を毒島さんに渡して、小夜子の反応を説明した。

「そんな薬は知らない、自分の物ではないと言っています。でも三〇三号室から出たゴミの中にあったことは間違いないんです」

中野さんの指示で掃除をした担当者は、ゴミ箱に弁当の空容器とそのポリ袋が入っていたことを覚えていた。ポリ袋の中身は見ないでそのまま捨てたと言っている。掃除のマニュアルでは、ゴミ箱の中身をつぶさに確認するようにはなっていない。ゴミを見られることを嫌がる宿泊客もいるからだ。

「破損も汚れもないようですね」

錠剤の入ったＰＴＰシートを手に取りながら毒島さんは言った。

「コンビニで使うポリ袋に入っていました。他の部屋のゴミとも別ですし、弁当の空容器も水洗いをしてから捨てられていたようなので、雑菌が付着していることもないと思います」

「よかったです。そのまま処分されていたらあまりに損失が大きすぎます」

十四日分でおよそ七十七万円と聞けば毒島さんの言葉にも頷ける。

「このマギレット十四日分は三〇三号室のゴミ箱から出た。けれども泊まっている美山さんは自分の物ではないと言っているわけですね。それが認知機能の衰えによる記憶の欠落か、あるいは本当に知らないのかはわからない。記憶の欠落によるものならばマギレットの持ち主は美山さんだけれど、本当に知らないなら持ち主は別にいることになる」

毒島さんは事実関係を整理するように口にした。

「もしも後者なら、持ち主は困っていると思われます。連続して飲む必要がある薬で、中断すると効果がなくなる恐れがあるからです」

マギレットには、C型肝炎ウイルスのタンパク質の働きを阻害する二種類の有効成分が配合されているそうだ。ウイルスに直接作用して、増殖する仕組みを阻害する効果がある。血中濃度が低下すると効果が低下する恐れがあるために、治療中は決められた期間、忘れずに毎日薬を服用することが重要になるという。

「美山さんが薬の持ち主で、いつまで飲んだか覚えていないならば、治療はやり直す必要があります」

マギレットを服用している間は、必要に応じて血液検査も行うそうだ。それで体内のC型肝炎ウイルスの量や肝臓の状態、副作用などを確認するらしい。

「せっかく始めた治療を、最初からやり直すのは面倒そうですね」

爽太は言ったが、毒島さんは硬い表情を崩さなかった。

「面倒なだけではすみません。薬の中断は、ウイルスの抵抗力を増強させる危険があります。肝臓に負担もかかりますし、ダメだったらまた始めればいいというものではないんです。そして費用の問題もあります。マギレットに限らずC型肝炎の治療は非常に高額です。そのために国と都道府県が行っている医療費助成制度があります。健康保険の適用となっている治療法は、大きな負担がなく治療を受けることができますが、盗難や遺失によって紛失した場合は保険適用ができなくなる恐れがあります」

　保険適用できない場合は助成金も申請できずに、全額自己負担になるそうだ。

「それはきついですね」

　資産家であっても全額負担は堪(こた)えるだろう。

「医師に事情を説明すれば、もう一度保険適用で治療を受け直すことは可能かもしれませんが、手間がかかりますし、なにより薬を負担した公費が無駄になります。それでなくても健康保険は運営の厳しいところが多いんです。といって処方薬の再利用はできません。水尾さんに薬を回収してもらいましたが、持ち主がわからなければ処分するしかないというのが実情です」

　七十七万円がドブに捨てられるということか。

「私はこの薬を無駄にしたくはありません。その美山さんが持ち主なら是が非でも関係者を見つけて事情を伝えたいですし、他に持ち主がいるならなんとしても見つけて届けてあげたいと思います」

　毒島さんは真剣な顔で言い切った。薬がからむと、仕事以外でもことさら真剣になるのが彼女の特徴だ。

「わかりました。僕も協力します」

爽太が注文したナポリタンが運ばれてきて、しばし会話が中断した。

「美山さんという方は、手元に健康保険証や診察券も持っていないのですね」

コーヒーを飲みながら毒島さんが訊いた。

「それどころか財布も携帯電話もありません。ボストンバッグひとつで旅行に出るのも変なので、手持ちのバッグをどこかに置き忘れてきたのではないかと思ったのですが」

大急ぎでナポリタンを食べ終えると、タクシー会社に電話した件を説明した。

「手持ちのバッグをどこかに忘れたなら、そこに当座分の薬が入っていた可能性はありますね」毒島さんは眉根を寄せて考え込んだ。

「他のホテルに予約がないかと思ったのですが、近隣のホテルに問い合わせをしてもそれらしい予約はありませんでした」

くるみのアイデアで近隣のホテルに電話をかけたことも説明した。

「該当するホテルはなかったのですが、他の方法が思いつかない以上、戻ったらもう一度続きをしてみようかと思います」

電話をしていないホテルはまだたくさん残っている。

「そういったことは多いのですか。予約をしても来ない方がいるというのは」

「混んでいるときはそれなりにありました。でも新型コロナウイルスの影響もあって今はそれほど多くはありません」

「美山さんがチェックインしたときの様子はどうだったのでしょうか」

「ホテルに来た時点で、自分がいる場所がわからなくなっていたようですね。フロントに来て、ここはミネルヴァかと訊いて、そうだと答えるとそのままエレベーターに乗ろうとしたそうです」

爽太の説明の途中で毒島さんは質問した。

「その三〇三という部屋番号に何か意味はありますか。たとえば以前ホテル・ミネルヴァに泊まって、そのときに泊まった部屋だったとか」

「僕もそう思ってホテルシステムの履歴を調べたのですが、美山さんが過去に泊まったことはないようです」

「では……ホテルではない可能性はどうですか」

毒島さんは爽太の顔を見た。

「ホテルではない可能性ですか？」

爽太はすぐに意味がわからなかった。

「宿泊先はホテルに限らないと思います。たとえば知り合いや親族の家。タクシーに乗ったとき、住所を忘れてマンションの名前の一部しか出てこなかった。その名前がミネルヴァ、あるいは響きの似た名称だった。それをタクシーの運転手が誤解したという可能性はどうでしょう」

それは考えなかった。爽太はすぐにスマートフォンを取り上げて検索した。

会社名や事務所、店舗に混じって都内に数件、ミネルヴァやミネルバという名前のマンションがあった。

「その考えは浮かびませんでした」

そのマンションがあるのは千駄木（せんだぎ）、大塚（おおつか）、旗（はた）の台（だい）、一之江（いちのえ）の四か所だ。今日中にまわれないことはない。三〇三号室を訪ねて、こういう高齢女性を知らないかと訊けばいいだけだ。

「もうひとつの問題、このマギレットが別の人の物かもしれないということですが、宿泊者の中から薬をなくしたというクレームはなかったわけですね」

「今のところはありません。まだ気づいてないだけで、夕方以降、申し出があるかもしれませんが」

といっても可能性は低いだろう。中野さんの話を聞く限りでは、他の宿泊客の持ち物がゴミに紛れ込むことはなさそうだった。

「ただ原木さんが気になることを言ってました」

ボストンバッグが美山さんには不似合いに思える、という話を毒島さんにした。

「盗ったとはいいませんが、他人のボストンバッグと取り違えたということはあるかもしれません」

「そうだとしたら取り違えた相手が薬の持ち主だということですね」

取り違えたならボストンバッグの持ち主はお金と薬を同時に失ったことになる。それに気づけばすぐに警察に行くだろう。

警察に訊けば、そういう案件があったかわかるかもしれないとも考えた。しかし小夜子がボストンバッグを取り違えたというのは想像であって、はっきりした証拠は何もない。

「私もその美山さんという方と話をしてみたいのですが、会うことは可能でしょうか」毒島さんは思案気に言った。

「この薬がその方のものならば、病気について話をすれば何かを思い出すかもしれません」

「こちらとしてはありがたい話ですが、仕事でもないのに、そこまでしてもらうことは気が引けます」

「構いません。それが患者さんのためですし、薬の有効利用につながりますから」

毒島さんはあっさりと言い切った。早番なので今日は七時にはあがれるそうだった。

終わったら連絡をしてもらうことにして話を終えた。

そのまま毒島さんと一緒に風花を出ると、急ぎ足でホテルに戻って毒島さんとの話の内容をくるみに伝えた。

「ホテルではなくマンションですか。それは思いつきませんでした」

くるみも感心した声を出す。時刻は三時過ぎ。急げば、毒島さんが仕事を終える七時までにホテルに戻ってこられるだろう。

爽太とくるみは、夜勤のために出勤してきた馬場さんに事情を話した。この道三十年のベテランホテルマンである馬場さんは、そういったトラブルについての理解が早い。

「わかった。後は任せろ。お前たち二人でマンション探しに行ってこい」

爽太とくるみは礼を言ってすぐにホテルを出発した。


千駄木に向かう電車の中で、美山さんがボストンバッグを取り違えた可能性について話した。

「実は、服装や靴以外にも美山さんについて不似合いだと思ったことがあるんです」

「どんなこと？」

「化粧品です」

ボストンバッグの中には化粧品のポーチが入っていたが、中の化粧品はどれも外国製の高価な品だった。

「あれだけ揃えれば数万円はくだりません。でも美山さんはほとんど化粧をしていませんでした」

「認知症になると化粧をしなくなるとか言うことはないのかな」

テレビの健康番組でそんな話を聞いたことがある。

「それは人によりますね。しなくなる人もいれば、する人もいます。ちなみにウチの祖母は今でもファンデーションだけは欠かさずにつけています。化粧をするかしないかよりも、ボストンバッグに入っている品物だけが高価な品だということが気になりました。美山さんの服装は地味だし、装身具の類いもつけていません。認知機能の衰えを言う前に、その対比が私には気になりました」

「ボストンバッグが他人の物なら、中のお金のことが気になるよね。持ち主は五百万円もの大金をなくしたことになる」

「困っていますよね。薬のこともあるし、とにかく美山さんの身元とバッグのことを早く突き止めたいですね」

そんな話をしているうちに千駄木に着いた。駅から五分ほど歩いたところに目的のマンション、ミネルバイン千駄木はあった。六階建ての細長いマンションで、幸いにもオートロックではない。集合ポストを見ると三〇三号室には山田(やまだ)という表記があった。エレベーターで六階に行って、玄関のインターフォンを押下(おうか)する。女性の声で応答があったが、用件を伝えると、「そんな人は知りません」とあっさり通話を切られた。

「失礼しました」

インターフォンのカメラに頭をさげて踵(きびす)を返す。

「ドアをあけてもくれませんでしたね」

「仕方ないよ。いきなり知らない人が訪ねてきて、こんな女性を知りませんか、と訊かれたら、今のご時世、誰だって警戒する」

昨日、家に訪ねて来るべき人が来ていないという事実がないとわかれば十分だ。

地下鉄とJRを乗り継いで大塚に向かう。ミネルヴァ大塚は駅から徒歩で十五分、築年数の経(た)った三階建ての集合住宅だ。集合ポストに名前は出ていない。空室かと思ったが、部屋まで行くとビニール傘が数本、窓の桟(さん)にぶらさげてある。玄関の表札も空白だった。インターフォンを押したが人が出てくる気配はない。留守らしい。こういうこともあるかと思って用意してきた手紙をドアの下から差し入れる。美山小夜子という女性が知り合いならば連絡をしてほしい、という旨の文章とホテルの電話番号が書いてある。

そこからは二手に分かれることにした。爽太は品川区の旗の台、くるみは江戸川区の一之江に向かう。

しかしどちらも空振りだった。旗の台のマンションはオートロックの真新しい建物で、エントランスのインターフォン越しに話をしたが、不審者扱いされてけんもほろろに追い返された。一之江のアパートは二階建てで、三〇三号室が存在していないそうだった。

ここまで半日かけて調べたが、手がかりは皆無ということだ。骨折り損のくたびれ儲(もう)けという言葉が思い浮かぶ。

「残念でしたね。いいアイデアだと思ったんですが」

空振りだったことを電話で報告すると、くるみにはそう慰められた。三件は外れだったが、しかし大塚はまだ可能性がある。そこに希望をつないで、帰路についた。

しかし帰りの電車に乗っている途中、馬場さんから連絡があった。小夜子がホテルを出て行ったきり戻ってこないというのだ。慌てて電車を降りて馬場さんに電話を入れる。

「一時間くらい前にロビーに降りてきて、家に帰りたいから連れて行ってくれと言うんだよ。家はどこかと訊いてもはっきりしなくて、予約をしたので、明後日まで泊まれますよ、と言ったら、家で猫が腹を空かしているって言い出したんだ」

小夜子は猫を飼っているのか。

「その後も部屋に戻らずにロビーをうろうろしていた。気にはなったけどこっちも仕事があるからさ。接客だ、電話だとバタバタしているうちに、気がついたらいつの間にかいなくなっていた」

部屋をノックしても応答がないので、防犯カメラの映像をチェックしたら外に出て行く姿が映っていたそうだ。

「それきり戻ってこない。すまんな。頼まれたのに役目を果たせなくて」

馬場さんは謝るが、もちろんどうしようもないことだった。接客が優先だし、そもそも外出したいと言うのを力ずくで止めるわけにはいかない。

「わかりました。駅に着いたらホテルに戻らずに周辺を探してみます」

七時には毒島さんが小夜子に会いに来る。それまでに見つかるだろうかと頭が痛くなった。

4

神楽坂は路地が多い。

昔は花街だった名残(なごり)で、入り組んだ石畳の坂道や階段が迷路のように延びている。土地勘のない人が闇雲に歩けば、方向感覚を失ってどこに向かっているのかわからなくなるだろう。

　地名の由来になっている神楽坂は、距離三百メートル、高低差九メートル、平均斜度1・7度の西北西に向かう坂道だ。下れば交通量の多い外堀通りとぶつかって、そのまま進めばＪＲの飯田橋駅がある。

　先に戻ったくるみがそちらを探すというので、爽太は坂の上を探すことにした。

　傾斜のきつい坂は上るよりも下る方が大変だ。踏み出すたびに体がかしいで、足がもつれそうになる。実際、山道で迷子になった幼児は、下る道よりも上る道を選ぶという話を聞いたことがある。余計な知識を持っていない分、単純に歩きやすい方向に向かうらしい。

　認知機能が衰えた小夜子も、幼児に似た行動を取るのではないか。

　爽太はそんな風にも考えた。坂の上には樹木の緑が目立つ公園や神社が点在している。その周辺を探していると、住宅街からほど近い神社の参道で小夜子を見つけた。

道端にうずくまってじっとしている。具合が悪くなったのかと慌てたが、近づくと仰向けになった猫を撫でていた。赤い首輪をつけた三毛猫が、お腹を撫でてもらって、気持ちよさそうに喉を鳴らしている。

「――美山さん」

　声をかけたが反応はない。無心に猫を撫でているだけだ。

「日も暮れてきました。そろそろホテルに戻りませんか」

もう一度言うと、小夜子はようやく顔をあげた。

「あら、アキラ、来ていたの？」

いきなり言われて面食らった。どうやら知り合いと間違えているようだ。

「ミホさんは元気？　前に会ったのは結婚式のときかしら。ほら、タクミくんの結婚式よ。ヨシカズさんが酔っ払ってお酒をひっくり返して大騒ぎになったじゃない。あんた、覚えているわよね。あれだけ仲がよかった従弟(いとこ)なんだから」

小夜子は猫を撫でながら一方的に喋(しゃべ)りだす。声色と表情から察するに、爽太をアキラという人物だと思い込んでいるようだ。認知機能の衰えがさらに進行したのかと不安になった。

とりあえずは連絡だ。爽太はスマートフォンを取り出し、『見つけた』とくるみに連絡をした。場所を知らせると、『すぐに行きます』と返信があった。

その間も小夜子はアキラとの思い出話を喋り続けている。運動会で一等になったとか、家族で海水浴に行ったが日焼けがひどくて宿で眠れなかったという話だった。

アキラというのは小夜子の息子のようだった。話の内容から察するに、すでに四十歳を超えているはずだが、二十六歳の自分と間違えるのは症状が進行しているせいなのか。うすら寒い気持ちになったが、こうしていても仕方ない。

「ここにいると体が冷えます。そろそろ部屋に戻りましょう」と声をかけた。

日は暮れて、冷たい夜気が足元から忍び寄ってくる。爽太の声に驚いたのか仰向けになっていた猫がびくっとしたように起き上がる。そのまま駆け出して繁(しげ)みの中に飛び込んだ。

「あらあら、どこに行くの？」

小夜子は立ち上がりかけたが、「足が痛いわ」と再び座り込む。ずっとしゃがんでいたためだろう。手を貸して近くのベンチに座らせた。小夜子は手ぶらだった。お金もないままホテルを出たのだ。このまま誰にも気づかれずにいたらどうなっていただろう。認知症の患者を抱えた家族の苦労が実感として理解できた。

「お腹は空いていませんか」爽太は訊いた。

「水がほしいわ。水をちょうだい」

見まわしたがあたりに自動販売機はない。『水を買ってきてほしい』とくるみに連絡をすると、『コンビニに寄ります』と返信があった。

「ところであんた大きくなったわねえ。この前まではこんなに小さかったのに」小夜子が爽太を見ながら目を細めた。

「お父さんは元気にしてる？」

お父さんというのが誰を指しているのかわからない。アキラが息子ならば、夫ということになるが、元気かと訊くのは一緒には暮らしていないということか。しかし考えてもわからないことなので、「元気だよ」と話を合わせた。

「ああ、そう。それならよかった」小夜子は嬉しそうに笑った。

その様子を見て、今の状態なら個人的なことを訊いても怪しまれることはないだろうと考えた。

「あの、美山さん、体の具合はどうですか」

「何よ、あんた、美山さんなんて他人行儀な呼び方で。普通にお母さんって呼べばいいじゃない」

小夜子は弾けるように笑いだす。やはりアキラは息子だったのだ。

「変な子だねえ。それともあれかい。お母さんがあんなことをしたから怒っているのかい。もしかして親子の縁を切りたいってことなのかい」

あんなこととは何だろう。親子の縁を切りたいほどの問題を抱えているなら、やはり迂闊なことは言うべきではないだろう。

爽太が黙っていると、小夜子は悲しそうな顔をした。

「やっぱりあんたは私を許してはくれないんだね。反省してもう二度としないって誓ったのに。ねえ、許しておくれよ。もう二度とあんなことはしないから」

何と答えていいのかわからない。ここはとりあえず話題を変えた方がよさそうだ。

「いや、そうじゃなくて、体のことを心配しているんだよ。病気とかは大丈夫？」

Ｃ型肝炎のことを訊こうと思ったが、小夜子は別のことを想像したようだ。

「またそんなことを言うのかい。私は病気なんてしてないよ。みんなひどいね。寄ってたかって私のことを病気にしたがって。私は病気なんかじゃないんだよ。病院なんて、もう二度と行かないから、あの人にもそう言っておいてくれないか」

興奮したようにまくしたてるが、何を言いたいのかわからない。

「私は絶対に薬なんて飲まないからね。さっきも鞄に薬が入っていたからゴミ箱に捨てたんだ。本当に誰があんなもの……」

そこで、はっとしたように顔をあげた。

「そうか。わかった。あんたの仕業だね。私の鞄に勝手に薬を入れたのは。誰に頼まれてやったんだい。言ってごらんよ。みんなで私を馬鹿にして！」

小夜子はいきなり怒り出した。マギレットはやはり小夜子が自分で捨てたのか。それがわかったのは収穫だったが、怒らせてしまったのは失敗だった。本気で腹を立てたようで、それきり爽太が何を言っても返事をしなかった。

そうしているうちにくるみが到着した。手にはコンビニの袋がある。

「飲み物を買ってきました。お腹は減っていませんか」

「あらあら、ミホさん、ありがとうね。そうだ。あなたからも言ってよ。アキラがひどいのよ」

小夜子は機嫌を直して、くるみに向かって甘えた声を出す。薬のことを訴えるのかと思ったが、まったく別の話を語り出した。昔、迷子になって警察に保護されたことがあったが、アキラが迎えに来てくれなかったために刑務所に入れられそうになったという話だった。

話の内容に飛躍があって、実際にあったこととは思えない。しかし小夜子は思い入れたっぷりに、「もっと早く来てくれればあんな目にあわなくても済んだのに」と涙ながらに語っている。

くるみも面食らったようだったが、介護の経験者だけにすぐに状況を察したようで、

「ああ。そうですか。大変でしたね。アキラさんには私からよく言っておきます。だからそんなに興奮しないで落ち着きましょう。お水を買ってきたので飲んでください」とミネラルウォーターの蓋をあけ、おにぎりと一緒に小夜子の手に乗せた。

「ありがとう。ミホさん、助かるわ。こういうときに頼りになるのはやっぱり女の子よね。男の子は本当に気がきかなくて」

小夜子は水を一気に半分飲み干すと、ビニールを強引に破いておにぎりにかぶりつく。よほど空腹だったらしい。その間を利用して、爽太はくるみに事情を説明した。

「アキラさんというのがお子さんで、ミホさんがそのお嫁さんかな。家庭でトラブル

があったみたいで、アキラさんとの間にはわだかまりがあるらしい。健康には自信があるみたいで薬全般を毛嫌いしている。マギレットを自分でゴミ箱に捨てたとはっきり口にした」

　爽太の話にくるみは困った顔をした。

「私たちを息子さん夫婦と間違えているわけですね。迷子になって警察に保護されたという話が気になりますね。早い段階から認知症の初期症状が出ていたのかもしれません」

「刑務所に入れられそうになったという話はどうなんだろう。迷子で逮捕されるはずはないから、何か別のことをしたのかな」

「迷子になった認知症の患者さんが、他人の家や庭に入り込んで警察を呼ばれるケースは割とあります。家族に見捨てられるという被害妄想も症例のひとつですから、そのへんがからんでの発言かもしれません」

　日が暮れて、風はさらに冷たくなってきた。小夜子がおにぎりを食べ終わったのを見て、もう帰りましょうか、とくるみは小夜子に声をかけた。

　しかし小夜子は動かない。薄闇に包まれた参道が足元から冷えてくる。薄手のワンピースしか着ていない小夜子はそれでなくても寒そうだ。

「このままだと風邪（かぜ）をひきますよ」くるみが小夜子の肩にそっと手を置いた。

「なんだか疲れちゃってねえ」と小夜子は息を吐く。

どうやら歩けなくなったようだった。

「仕方ない。背負って帰ろうか」

爽太は提案したが、くるみはかぶりをふった。

「ダメです。認知機能が低下した人は、いきなり予測不能の行動をすることがあります。落ちて怪我でもしたら大変です。骨折でもして動けなくなったら症状は急速に進行します」

「じゃあ、タクシーを呼ぶ？」

「ホテルまではあまり距離がないですが乗せてくれますかね」

「それならホテルの備品の車椅子を持ってこようか」

そんな相談をしていると、向こうから自転車のライトが近づいてくるのに気がついた。眼鏡をかけた温厚そうな中年の制服警官が乗っている。パトロール中らしく、ゆっくりしたスピードでこちらにやってくる。

「あの警官に相談してみようか。事情を話せばパトカーを呼んで送ってくれるかもしれないし」

爽太は虫のいいことを考えた。

「そこまでしてくれるでしょうか」くるみは懐疑的だった。

「ダメで元々。お願いしてみよう」

すみません、と爽太は警官に手をあげた。警官が近づいてきて自転車を止めた。

「どうかしましたか」

「あの、実は――」

言いかけた瞬間、小夜子が立ち上がって歩き出した。疲れたと言っていたのに、脇目もふらずにずんずん歩いて止まらない。

「美山さん……！」

声をかけても止まらなかった。くるみが慌てて追いかける。

爽太は呆然（ぼうぜん）と二人の背中を目で追った。

「どうかされましたか」

怪訝な顔をする警官に手短に事情を話してから二人を追いかけた。

参道を出た住宅街の路地でようやく追いついた。ブロック塀にもたれる小夜子にくるみが寄り添っている。

「あんたたち、私を警察に連れて行こうとしているんでしょう。絶対に嫌よ。私は警察なんか行かないわ」

小夜子はまたも怒っていた。

「そうか。私を厄介払いしようとしているのね」

「そんなことしません。安心してください。警察には行きませんから」

「嘘よ。信じられないわ」

「本当です。約束します」

くるみが忍耐強くなだめて、ようやく小夜子は落ち着いた。

「本当ね。本当に警察には行かないのね」

「約束します。だから部屋に戻りましょう」

機嫌を取るように話しかけて、なんとかホテルに連れ帰った。まだお腹が減っているというので、ロビーのソファに座らせて、くるみが買ってきたおにぎりの残りを渡す。

ほっとすると同時に、どっと疲れた。認知症の介護を担っている人の苦労がよくわかった。

「こんなことが毎日続くなんて耐えられないよ」

「こんなのは序の口ですよ。症状が進行したら、こんなものでは済みません」

くるみは想像するに恐ろしいことを口にした。

「と言っても、私も大きなことは言えません。家族四人で協力して介護をしていますから。夫婦、親子、あるいは一人で介護されている方の苦労を思うと本当に頭が下がります」

話の途中でスマートフォンに通知があった。毒島さんからだった。仕事が終わって、これからこちらに来るという。それならとそのままロビーで待っていた。十分もかからず毒島さんは現れた。

小夜子と離れたソファに腰かけて、ここまでの出来事をあらためて毒島さんに話した。

マンションの件は四件中三件が空振りだったこと、本人の薬に対する抵抗が強いこと、自分は健康だと言い張っていること、薬はゴミ箱に捨てたと言っていることなどを説明する。

「やはりマギレットは彼女の物ではないようですね。ボストンバッグを取り違えた可能性が高いと思います」

「それなら鞄ごと薬をなくした患者さんがどこかにいることになりますね。私としてはそちらが気になります」

毒島さんは小夜子の様子を窺ってから、

「話をさせてもらってもいいですか」と訊いた。

「お願いします」

「ゴミ箱にあったマギレットをお借りできますか」

爽太は事務所から薬を持ってきた。毒島さんはそれを持って小夜子に近づいた。

「こんばんは」

「あら、どなただったかしら」

おにぎりを食べ終わって、眠そうにしていた美山さんが顔をあげて毒島さんを見る。

「毒島といいます。薬剤師ですが、ちょっとお伺いしたいことがありまして」

「薬剤師さん？　私は薬なんて飲まないわ。飲むと頭が痛くなって、気持ちが悪くなるの」

薬剤師という言葉が気に障ったのか、そっけなく横を向く。しかし毒島さんはひるむことなく手にしたマギレットを小夜子に見せた。

「部屋に薬が捨ててあったということですが、これをゴミ箱に捨てましたか」

「知らないわ。薬なんて見たくない」

「薬がお嫌いなんですか。よろしければその理由を聞かせてもらってもいいですか」

毒島さんは差し出した薬を手元に戻しながら質問した。

「言ったでしょう。飲むと気持ちが悪くなるの。それなのにみんな、私に薬を飲ませようとする。だから私は言ってやったのよ。こんな薬を飲むくらいなら離婚した方がましだって。そうしたらみんな笑い出したわ。きっとそんなことできないと思ったのね。私が本気でそうするとは思ってなかったんでしょう。でも私は本当にそれが嫌だった。だって旦那は見合いで結婚した相手だし、私のことをバカだアホだと言って、いつも偉そうに命令ばかりしていたんですもの。それで私は家を出たのよ。あの人は慌てて私を探したみたい。でも私に戻る気はなかったわ。だってようやく自由になったんだもの。だから今はとっても幸せよ。やっぱり離婚してよかったわ。だからあなたも結婚相手は自分の目で、じっくりと選んで決めなさい。自分の人生は自分自身で決めるのよ。他人任せにしてはいけないわ」

最初は怒っていたものが、話の途中から教え諭すような口調になっていた。そして言いたいことを言い終えると、「ああ、疲れた。もう寝なくちゃ」と立ち上がる。

「部屋に行きますか」

くるみが慌てて近寄った。

「家に帰るわ。私の家はどこかしら」

「こちらです」

くるみが小夜子をエレベーターに誘う。小夜子は大人しくついていく。くるみが小夜子を三〇三号室に連れて行く間、爽太は毒島さんと話をした。

「聞いていた以上に記憶が混乱しているようですね」

毒島さんは困った顔をする。

「夕方になって帰りたいと言って外に出たそうです。それまでは部屋で大人しくしていたんですが」

「この先、どうすればいいかのアイデアはお持ちですか」

「ホテルに来るまでの足取りを調べて、財布や携帯電話の入ったバッグをどこかに置き忘れていないかを調べることを考えています」

しかし範囲が広すぎてどうすればいいかわからない。いい方法はないかと話していると、

「そういうことなら、やはりタクシーじゃないか」と馬場さんが割り込んだ。

暇なのをいいことに、フロントから出てきて話を聞いていたらしい。

「タクシー会社には訊きました。でも忘れ物はなかったという返事です。個人情報の関係でそれ以外のことは教えてもらえませんでした」

「運転手に直接訊くんだよ。高齢のお客さんがバッグをなくして困っている、記憶が曖昧で、タクシーに乗ったときに持っていたかも覚えていないようだ、申し訳ないがタクシーに乗るときボストンバッグ以外にバッグを持っていなかったか教えてくれないか。具体的にそう質問すれば、無下にはできないと思うぞ。それに支払いのときにどうやって代金を払ったのかということもある。現金か、カードか、それはどこから出したのか。東京駅でタクシーに乗った可能性が高いなら、タクシー乗り場に行けば調べようがある。タクシーの運転手は横のつながりが強いから、丁寧に事情を説明すれば、それくらいのことは教えてくれるはずだ」

なるほど。いいアイデアだ。

「さすが馬場さん。伊達に長くホテルマンをやっていませんね」

「まあな。亀の甲より年の功って言うだろう」

「幸い明日は公休です。やってみることにします」

戻ってきたくるみに話すと賛成してくれた。

「いいアイデアですね。でもせっかくの休みが潰れちゃいますが」

「構わないよ。たった一日のことなんだ」

日々祖母の介護に時間を費やしているくるみや、プライベートで快く協力してくれる毒島さんの苦労を思えばなんてことはない。小夜子のことも薬のことも早く解決させたかった。そして好奇心もある。小夜子はどこから来て、どこに行こうとしていたのか。その謎を解明してみたかった。

「私も協力したいのですが、明日も日勤に入っています」くるみが済まなそうな顔をする。

「気にしないでいいよ。それくらいは一人でできる」

「あと、美山さんが心配なので、今日は部屋に泊まらせてもらおうかと思います」

夜中にふらっと外に出て行ってしまう恐れがあるので、向かいの部屋に泊まるというのだ。

「近くの部屋はすべて空室なので、ドアを少しあけて、何かあれば気配がわかるようにしておきます。そうすればいきなりいなくなったということを防げると思うので」

「原木さんの方が大変じゃないの？」

爽太が心配すると、平気です、とくるみは手をふった。

「徘徊は甘く見ると怖いんです。放っておくと、どこまでも歩いて行ってしまうので」

それはさっきの小夜子の行動を見ていればよくわかる。

「お祖母さんの介護もあるのに、帰らなくて大丈夫なの？」

「祖母は最近、薬のせいで安定しているんです。電話で母に事情を説明したら、ウチは大丈夫だから、そっちをなんとかしてあげなさいと言われました」

くるみの祖母も過去に徘徊して警察に保護されたことがあるそうだ。十二月の寒いさなか児童公園でうずくまっていたところを住民の通報で保護された。通報がなかったら凍死していた可能性もある、と保護した警官に言われたそうだった。

「そのときにそばにいる人間が注意することでしか、認知機能が低下した高齢者の不幸な事故は防げないと思うんです」

「気持ちはわかるけど、あまり無理しないようにね」

「私は平気です。水尾さんこそせっかくのお休みなのに無理しないでくださいね」

くるみはまたも意味ありげな表情をする。毒島さんの前だからいい格好をしているのではないかと言いたいようだ。それがまったくないと言えば嘘になる。しかし目の前に困っている人がいれば助けたいと思うのは当然の心情だ。

「お二人とも大変そうですね。助けになることがあれば、私もお手伝いしたいのですが」

毒島さんが済まなそうに口にする。困っている人を助けたいと思う気持ちは、爽太とくるみに引けを取らずに毒島さんも強そうだった。こと薬の関わった事柄については、どんな些細なことでも見逃せないと思っているはずだ。

「何を言っているんですか。仕事が終わった後でわざわざ来ていただいて、すでにお手伝いしてもらっています」

爽太が言うと、くるみも続いた。

「そうですよ。ホテルの問題なのに、毒島さんを巻き込んで申し訳ないと思っています」

「わかりました。でも薬の本来の持ち主を探すのはホテルの仕事ではないですよね。だからそれは私が方法を考えます。ホテルとしては美山さんの関係者を探すことを最優先にしてください」

毒島さんはきっぱり言った。

「何か方法があるんですか」

「高額な薬剤は製薬会社が流通管理をしています。どこの病院の医師が処方したとか、卸の会社を通じてどこの調剤薬局に入荷したとかいった記録を残しているんです。このマギレットも販売当初は流通管理をしていたはずです」

「メーカーに問い合わせれば誰のものかわかるということですか」

「患者さんの個人情報まではわかりません。しかし紛失した患者さんが薬剤師や医師に相談すれば、その情報がメーカーに届いている可能性はあります」

すぐに患者さんとつながるものではないが、確認する意味はあるということらしい。

「わかりました。ではその件についてはよろしくお願いします」爽太は重ねてお礼を言った。

5

翌日の午後、爽太は東京駅に行った。同じタクシー会社の運転手を見つけて事情を話すと、知り合いだということで、自分の携帯電話で直接連絡を取ってくれた。

『一昨日の夕方に、神楽坂のホテル・ミネルヴァで降ろした高齢女性の件です。お訊きしたいことがあるんですが』

爽太がそう切り出すと、

『ああ、あのお婆ちゃんか、実は俺も気になっていたんだよ』と返事があった。

『東京駅で乗せたんだけど、話がどうにもあやふやでさ。ミネルヴァというから、とりあえずお宅のホテルに行ったんだけど、もしかして行き先が違っていたのかい。でも俺にクレームを言われても困るよ。あのお婆ちゃん、なんだか記憶があやふやで――』

『クレームでなく、確認したいことがあるだけです。でも長くなりそうなので、一度切って自分の電話からかけ直します』

　電話を切ると、礼を言ってスマートフォンをその運転手に返した。それから番号を聞いてあらためてかけ直す。

『お忙しいところすみません。話が長くなるけれど大丈夫ですか』

『ああ、いいよ。まだ出勤前で家にいる』

　爽太は順序立てて事情を説明してから、

『あの女性はタクシーに乗ったときにどこに行きたいと言ったんですか』と訊いた。

『ミネルヴァに行きたいと言ったな。でも住所は言わずに名前だけ言って、早く車を出してくれって急かすんだ。仕方ないから車を出して、通りに車を停めてスマホで調べた。そしたらホテル・ミネルヴァっていうのが出てきてさ。ボストンバッグを持っているし、旅行者だろうと思って、ここでいいかと確認したら、いいって言うからさ――』

声のトーンが段々自信なさげになっていく。

『行き先が違っていたなら悪いとは思うけど、でも俺はお客さんの言う通りにしただけだから』

『運転手さんを責めたいのではなく、車の中でどんな様子だったかを知りたいんです』

『どんな様子って言われてもなあ』

声色で困惑している様子が感じ取れた。

『乗っているときは問題なかったよ。大人しくしていたし、ホテルの前で降りるときも何も言わずに降りてった』

『ボストンバッグの他にハンドバッグとかショルダーバッグは持っていなかったですか』

『どうだったかなあ。大きなボストンバッグを抱えていたことは覚えているけど、それ以外のことは覚えてないな。悪いけど、そこまでお客さんのことをじろじろ見ないから』

『支払いはどうですか。カードですか、現金ですか』

『現金だったな。財布を出して、ここから取って、と言われたんだ。だから財布を預かって現金を取ったんだ』

『財布を持っていたんですね』

ようやく聞きたいことを聞き出せた。

『その財布はどこから出しました？　ボストンバッグですか。それとも別の場所ですか』

『……ボストンバッグじゃないな。……ああ、そうか。たしかに他にバッグを持っていた。白いショルダーバッグ――猫のイラストが入っていたな。そこから財布を出して支払いをした。思い出したよ。猫のショルダーバッグを持っていた』

『そのショルダーバッグをなくしたようなんです。財布と携帯電話が入っていたようで、家族と連絡が取れずに困っているんです。それでタクシーに忘れたのかと思ったんですが』

『いや、降りるときはたしかに持っていた。確認したけど忘れ物はなかったはずだ』

ということは降りた後でなくしたのか。ホテルのどこかに置き忘れたのだろうか。ロビー、洗面所、レストラン。考えつく場所はそのあたりだが、お客さんが少ない時期だし、スタッフが見つければ忘れ物としてフロントに届けられるだろう。ホテルに行って、探せる場所をすべて探してみようか。そんなことを考えていると、

『たしか車を降りた後、すぐにホテルに行かなかったと思う。ホテルの前がちょっと傾斜になっているだろう。そこを下らずに坂を上っていくのがバックミラーでちらっと見えた。コンビニにでも行ったんじゃないのかな』

そうか。そこにショルダーバッグを忘れてきたという可能性はありそうだ。爽太は重ねて礼を言ってから通話を切った。

スマートフォンで撮ったタクシー会社のレシートを確認した。発行は五月二十二日の十五時五十七分となっている。ホテルのチェックイン時刻は十六時十五分だったから、十八分ほどの空白がある。その時間でコンビニに寄ったというのはありそうだ。

地下鉄を使ってホテルに行くと一番近いコンビニを訪れた。顔見知りの店長に事情を話すと心当たりがあったようで、これかな、とすぐに持ってきてくれた。猫のイラストが入った白いショルダーバッグ。どれだけ使い込んだものなのか、イラストは剝(は)げかけて、生地は全体的に黒ずんでいる。中には携帯電話と財布と家の鍵、そしてハンカチやティッシュペーパーなど細々したものが入っていた。

携帯電話は使い込まれた古いタイプ(ガラケー)の物だった。ロックがかかっていて、四桁の暗証番号を入れないと操作できない状態だ。古びた財布の中にはしわくちゃの千円札が二枚と小銭が少し。残念ながら身分証明書や診察券、ポイントカードなど、名前や住所がわかる物は入っていなかった。鍵は何の変哲もないシリンダーキーだった。招き猫のキーホルダーがついているが住所は書いてない。

店長に頼み込んで、防犯カメラの映像をチェックさせてもらった。すると一昨日の十六時三分に小夜子らしき高齢女性がトイレに出入りする様子が映っていた。入ったときにはボストンバッグとショルダーバッグを持っていたのに、出てきたときにはボストンバッグしか見当たらない。やはりショルダーバッグは小夜子の物で間違いがないようだ。

　店長が小夜子に心当たりがあったのは、トイレに行った後でレジに来て、ミネルバはどこ？　と聞かれたからだった。そのときは、トイレだけ使って道を尋ねるなんて図々(ずうずう)しい婆さんだな、と腹立たしい気持ちになったが、後でトイレの忘れ物に気づいて心配になったそうだ。財布と携帯電話と鍵を忘れて取りに来ないのだから当然だ。

「本来なら本人にしか返せないけど、そういう事情なら仕方ないね」

　店長はそう言って爽太にショルダーバッグを渡してくれた。

　爽太はそれを持って意気揚々とホテルに戻った。これを見せればきっと反応があるだろう。しかし小夜子はぼんやりした顔のまま、あら、私のかしら、と首をひねるだけだった。携帯電話の暗証番号も覚えていなかった。丸一日あちこち歩きまわって、ゴールに辿(たど)り着いたつもりが、いまだ手がかりすら得られていない状況に変化はなかった。

　爽太はぐったりした気分で休憩室の椅子に座り込んだ。そこにくるみが来て、小夜子の昨日の様子を教えてくれた。

夜の間は大人しく部屋にいたそうだ。ただし朝になると寝間着を着たまま外に出て行こうとした。慌てて引き留めてことなきを得たが、やはり目を離すと何をするかわからないようだ。

「これ以上は打つ手がないかな」

「ひとつ方法があります」くるみが小夜子の携帯電話を指さした。

「この携帯電話、暗証番号を何度も打てるタイプみたいです。0000から9999まですべてを試してみれば、いつか解除できるかもしれません」

一万通りの組み合わせを試してみるということだ。一回につき十秒かかるとして、すべてを実行するのに十万秒。分に直せば約千百六十六分、時間ならば約二百七十七時間で、日数に換算すればおよそ十一日だった。休むことなく実行してそれだから、実際にやればもっと時間はかかるだろう。もっともすべての組み合わせを検証する前にわかるとは思うけれど。

「他にどうしようもなくなったら実行してみようか」

くるみと話しているとスマートフォンに通知があった。毒島さんからだ。

『薬の持ち主がわかりそうです。個人情報がからんでいるので、まだくわしいことは言えませんが、確認ができたら概略をお伝えします』

昨日の今日でこの結果はすごい。通知の文章を見せるとくるみも驚いた顔になった。

「さすが毒島さんですね。こんなに早くわかるなんてびっくりです！」

しかし薬の持ち主がわかったとしても、美山さんのことまではわからない。

「昨日行った大塚のマンションだけど、連絡は来てないよね」ふと思い出して口にする。

「ないですね」

「じゃあ、これから行ってみようかな」

「行くんですか」くるみは意外そうな顔をする。

「毒島さんからの知らせを待った方がいいんじゃないですか」

「でもそのことが美山さんとつながるかはわからない」

「どこで取り違えたのかわかれば手がかりになりますよ」

「そうだけど、手がかりは多いに越したことはないし、できることはすべてしておきたいんだ」

毒島さんの行動力には頭がさがるが、ただ連絡を待つだけなのは嫌だった。小夜子の素性を探すのは自分たちがするべきことなのだ。

ショルダーバッグをくるみに預けると、爽太はホテルを飛び出した。

ミネルヴァ大塚の三〇三号室。

ドアの下には爽太が差し入れた手紙がそのまま残っていた。住人は昨日から帰っていないようだ。インターフォンを押したが応答はない。

無駄足だったかと思いながらも、あきらめきれずに部屋の前をうろうろしていると、ふと人の声が聞こえたような気になった。首をめぐらしたが誰もいない。もしかして部屋の中から聞こえたのかな。もう一度インターフォンを押してみる。

「こんにちは。どなたかいらっしゃいますか」

声をかけるが応答はない。聞き間違いかな、と思ったところでまた聞こえた。赤ん坊の泣き声のようだった。ドアの間近でしているようだ。爽太はドアの前にしゃがみこんだ。息を止めて待つが聞こえない。ドアの下部にある郵便受けの蓋を指でそっと押し込んだ。覗いてみたが暗くてよくわからない。暗闇の中に何かがいるようだ。じっと目を凝らしていると、背後から声をかけられた。

「おい、そこで何しているんだよ」

驚いて振り返ると隣の三〇二号室のドアが開いて、作務衣(さむえ)を着たごま塩頭の老人が立っていた。あからさまに不審者を見る目つきで爽太を見ている。携帯電話を右手に持っているのは、何かあったら通報するためか。

「あの、こちらの三〇三号室の方に用がありまして」

爽太はすぐに立ち上がると、背筋を伸ばして言い訳をした。

「インターフォンを押したんですが、応答がないので帰ろうとしたら、赤ん坊の声が聞こえた気がして確かめていたところです」

「適当なことを言うな。隣には赤ん坊なんかいやしねえ。お前はどこの誰だ――」と言いかけた老人は、そこで何かに気づいたように口調を緩めた。

「ああ――そりゃあ赤ん坊じゃねえ。猫だよ、猫」

そのときにまた聞こえた。言われてみるとたしかに猫だ。しかしどこか弱々しい。

「仔猫ですか」

「大人の雄猫だ」

「なんだか元気がない声ですが」

「じゃあ、また餌をやり忘れたんだな。あの婆さん、最近、ぼけちまって、迷子になるわ、買い物した物を忘れるわで何かと大変そうだからな」

老人は扉の陰から出てくると、爽太を押しのけるようにして三〇三号室のドアを拳で叩いた。

「おおい、いるかい、美山さん。猫に餌をやってるかい。腹を減らしているみたいだぞ。もしかして留守かい」

しょうがねえなぁ、猫に餌をやらないままで出かけちまったのか、と声を出す。

「あの、この三〇三号室の方は美山さんというのですか」

「なんだ、あんた、それを知らねえで訪ねてきたのかよ」

ゆるんだ口調が再び厳しくなった。威圧するように爽太をねめつける。しかしそんなことを気にしていられない。

「それは美山アキラさんですか、それともミホさんですか」

そう口にしてから、そんなはずはないと思った。この老人は、あの婆さん、と言ったのだ。そして猫を飼っている。ということは――。

「それは息子夫婦の名前だろうが。ここに住んでいるのは母親だよ」老人は戸惑った顔つきで返事をした。

「小夜子さんですか」

「そうだよ」と老人は頷いてから、あらためて爽太をじろじろと見た。「あんたは誰だ。美山さんにどんな用があるんだよ」

頭が混乱していた。何をどう説明すればいいのかわからない。

「えーと、ですね、簡単に言うと、迷子になった美山さんを保護している者です。帰る家がわからなくなったというので探しているところですが……」

最初にそう言ってから、これまでの経緯をかいつまんで話そうとした。しかし、「ああ、もういい。わかったよ」と途中で老人に遮られた。

「そんな話を聞かされても、俺にはわからねえ。もういい。余計な話はするな」と面倒そうに手を振った。

「最近言動が怪しかったから、そんなことにならねえかと心配はしていたんだがな」

「美山さんはやっぱり認知症なんですか」

「くわしいことは知らねえよ。ぼんやりすることが多くて、買い物した荷物をそのまま忘れてきたり、飼い猫に餌をやり忘れることはよくあった。あとは金を払わないで店の物を持ってくることもな。まあ、ああいう病気がある人だから、それも仕方がないだろうなって俺は思ったがな」最後に意味ありげに言葉を加える。

「ああいう病気って何ですか」

　プライベートに関わる質問は控えた方がいいと思いながらも、老人の口ぶりに誘われたように爽太は訊いた。

「盗みをやめられない病気だよ。あの人は万引きの常習犯だ。やめようと思ってもやめられなくて、何度も捕まったことがあるんだよ。それで息子夫婦とも疎遠になって、ここで一人暮らしをしているらしいんだ」

　初対面にもかかわらず老人は隣人のプライベートをべらべら喋った。聞いている爽太の方がそこまで聞いていいのかと恐縮してしまうほどだった。

　しかしそれで大体の事情はわかった。

　美山小夜子はこのミネルヴァ大塚三〇三号室の住人で、猫と一緒に暮らしている。

生まれは静岡県御前崎で、結婚してからは東京近辺に住んでいるそうだ。

親子三人で平凡ながらも幸福に暮らしていたが、一人息子のアキラがミホと結婚してから風向きが変わった。小夜子は夫の束縛に悩まされていたのだ。夫は家計管理にうるさく、十円単位で金の使い道にうるさく口を出してきた。アキラが家にいた頃は単なるケチくらいの話ですませられていたが、二人になって、急速にひどくなった。日々の買い物にもレシートをすべて提出することを要求されて、一円違っていても叱責されるほどだった。そのストレスからやがて小夜子は万引きをするようになった。最初は嗜好品や化粧品が主だったが、やがてスーパーマーケットで一万円を超える食料品の万引きを繰り返すようになり、その結果、監視員に見つかり、警察が呼ばれて、夫にも連絡が行くことになった。

それをきっかけに夫は暴力をふるうようになったそうだ。それでいて夫は離婚を切り出すことはなかった。自分の命令を聞く妻がいなくなることをよしとしなかったのだ。小夜子はそんな環境が嫌になり、離婚を切り出し、夫が了承しないとついに家を逃げ出した。その後も紆余曲折があって、今はここで一人暮らしをしているということだった。

「窃盗症とかいうらしいぞ。自分でも気づかないうちに体が勝手に動いて盗っちまうんだとさ。おいおい、都合のいい病気だな、手癖が悪いのを病気のせいにしてねえかって、俺は笑ったんだが、あんただって医者に止められているのに酒をやめられないじゃないか、肝臓を壊してまで酒浸りになるのと同じだよって返された。そう言われたら返す言葉もなかったな」

　老人は作務衣の胸元に手を入れて肩のあたりをぼりぼりと掻いた。作務衣の袖が捲れて二の腕にあたりに刺青があるのがちらりと見える。

「旦那に無理矢理に入院させられて、そこで精神安定剤を大量に飲まされていたこともあるらしい。お前は病気だから薬を飲まなきゃダメだって無理強いされて、それで薬が嫌になったと言っていた」

　それで何があっても病院には行こうとしなかったのか。制服警官を見て逃げ出したのも当時の嫌な記憶が蘇ったせいなのだろう。

　爽太は、一昨日小夜子にあっただろうことを想像した。

　何かの用事があって東京駅に行き、そこで目についたボストンバッグを置き引きした。そのままタクシーで逃げ帰ろうとしたが、あろうことか自宅の住所や名称を忘れてしまった。覚えていたのはミネルヴァという単語だけ。それを聞いた運転者が勘違いして、ホテルに連れてきたということなのだろう。

　自宅がわかってよかったが、しかしこのまま家に帰しても万事解決とはならないようだ。ボストンバッグのこともあるし、とりあえず親族に連絡を取る必要があるだろう。

「あの、息子さんたちの連絡先ってわかりますか」

「いや、そこまでは知らねえな」

「そうですか……」

爽太ががっかりした顔をすると、

「なんだ。そんな顔をして」と老人に笑われた。

「いや、これからどうしようかと思って」

「息子夫婦の連絡先がわかればいいのか。それなら民生委員に訊けばいい。世話になっているから、それくらいは教えてくれるはずだ」

「民生委員って何ですか」

「なんだ。最近の若い奴(やつ)は民生委員も知らねえのかよ。いいか、民生委員っていうのはだな……」

老人はそこで口をつぐんで、

「――実は俺もよく知らねえ。簡単に言えば、役所に頼まれて、地域の人助けをするような人たちのことだな」と笑った。

「その方の連絡先はわかりますか」

「もちろんだ。俺もムショから出たときに世話になったからな」

待ってろ、と言って老人は自分の部屋に戻った。しばらくしてから細長い何かと一緒にメモを持ってきた。

「民生委員の鈴木さんの連絡先だ」

メモを爽太に突きつける。殴り書きで名前と電話番号が記されている。

「ありがとうございます」思わず深々と頭をさげた。

「いいってことよ」

老人は細長い何かを口にくわえると、勢いをつけて噛みちぎった。口の中に残った物を、ぺっと床に吐き捨てる。

「何ですか」

「魚肉ソーセージだ」

老人は三〇三号室に近づくと、ビニールを剝いて、一口大にちぎったソーセージを郵便受けからドアの内側に落とし込む。

「ほら、食え。腹が減っているんだろう。お前の飼い主はまだ戻ってこねえぞ。とりあえずこれを食って腹を満たしとけ」

チッチッチッと喉を鳴らし、ドアの内側にいる猫に呼びかけている。見かけによらず心優しい性格のようだった。

「ありがとうございます」

爽太は礼を言うと、メモに記された番号に電話をかけた。

6

住所を聞いて、民生委員の鈴木さんの家まで行った。名刺を出して事情を話すと、すぐに息子のアキラさんに連絡してくれた。

美山さんが認知症ではないかということは、鈴木さんも心配していたそうだ。病院に行くことを勧めていたが、やはり本人が頑として聞かなかったのだ。

アキラさんとミホさんは秋田に住んでいた。高齢になった母親のことは常々心配していたが、日々の忙しさにかまけて、なかなか様子を見に行けなかったそうだ。

爽太が電話で事情を話すと、今日は無理だが明日には迎えに行くと言ってくれた。アパートの猫もなんとかするそうだ。これで小夜子の身元は判明して、行き先も心配なくなった。

ただしボストンバッグのことがある。そしてあの老人が口にした窃盗症という言葉が気になった。小夜子があのボストンバッグを置き引きしたなら、罪に問われることになるだろう。

それを思うと気分が重くなった。

7

数日後に毒島さんに会ったとき、マギレットの持ち主が判明した事情を教えてくれた。

「マギレットの件で、まずはメーカーに問い合わせをしました。しかしそういう情報は届いていないとのことでした。もしもこの後で、そういった情報があがってきたら、そちらに連絡しますとは言ってくれましたが、可能性は低そうでした。それで薬局の方波見（かたばみ）さんと刑部（おさかべ）さんに相談をしたんです」

　方波見さんと刑部さんというのはどうめき薬局の薬剤師だ。方波見さんは管理薬剤師で、刑部さんは爽太よりひとつ年上の若手薬剤師。二人とも爽太と顔見知りだった。

「そのときにＳＮＳを使って調べたらどうか、というアイデアが出たんです。それで最初に〈マギレットを紛失した〉という通知があるかを探しました。でも該当はありませんでした。それで次に刑部さんのアカウントを使って、〈東京駅近辺でマギレットの入ったボストンバッグを紛失された方はいませんか〉という通知を出しました。それを拡散させれば持ち主から連絡があるかもしれないと思ったんです」

「それにリプライがあったわけですか」

「いいえ。現実はそう甘くはありません。マギレットという薬の名前を出しても一般の方にはピンと来ないのか、その通知自体があまり広まりませんでした。かといって有名ブランドの限定品のボストンバッグだとか、高額な現金のことを書けば、よからぬことを目論む人から通知が来る恐れがあります。急を要することでもあるので、フォロワーがたくさんいる人に拡散をお願いしようということになりました」

といっても薬とか無関係の一般の人に頼むのは気が引ける。やはり薬剤師か医療関係者に頼むのが筋だろうと考えた。

「思い浮かんだのが、私の知り合いの薬剤師です。ひとところにとどまらず、北海道から沖縄まで全国を渡り歩いて仕事をしてきた人で、薬剤師や医療関係者と幅広い親交もある人です。連絡を取ってお願いしたら、快く引き受けてくれて――」

その人がフォロワーの多い医療関係者にダイレクトメールで連絡してくれたそうだ。通知が広く拡散したことで、翌日の午前中には持ち主が判明したという。

ボストンバッグの持ち主は山梨在住の六十代の女性だった。

あの日、中央線で東京駅に来て、待ち合わせ場所がわからずに電話をしているときに、足元のボストンバッグを置き引きされたのだ。

「現金や薬が入ったボストンバッグをなくしたことで、パニックになって一人で探し回っていたらしいんです」

「警察には届けなかったんですか」

「事情があって、後回しになったようですね」

その女性は東京に遊びに来たのではなかった。その日の午前中、『外回りの途中で小切手をなくした、会社に知れたらクビになる、後で返すから五百万円貸してくれないか』という電話が息子からあって、お金を同僚に渡すために東京駅に来たそうだ。

「それって典型的な詐欺じゃないですか」

「そうです。でも女性は動転して気づかなかったようですね」

金銭的には余裕のある女性だったらしく、お金を用意するのに問題はなかった。さらに問題を起こした息子を心配して、すべてが解決するまでフォローしてやろうと泊まる準備までして東京駅に来たらしい。

「それであのボストンバッグを持ってきたわけですか」

女性はC型肝炎の治療中であり、当座の分をハンドバッグに、予備の分をボストンバッグに入れていた。東京駅の銀の鈴で待ち合わせて五百万円を渡すはずが、人が多くて女性は息子の同僚――実は詐欺の受け子と会えなかった。それで携帯電話でやり取りをしているうちに、注意力がおろそかになってボストンバッグを置き引きされてしまったのだ。

女性はパニックになって、お金の入ったボストンバッグを盗まれた、と電話の相手に訴えた。するとそれきり連絡は絶えた。警察沙汰になると思って受け子は逃げたのだろう。しかし女性はそんなこととは露にも思わない。警察に行くことも後回しにして、駅中を歩き回って、その同僚を探しまわったのだ。

紛失届を出しに交番に行ったのは夕方になってから。その後に息子と連絡がついて、ようやく詐欺だとわかったらしい。

ホテルに迎えに来たアキラさんは、ボストンバッグは母親の物ではないと断言した。年金や自分たちの仕送りで細々と暮らしている母がそんな高価なボストンバッグを買えるはずがない。五百万円という大金についても同様だ。

警察に紛失届けが出されていたこともあって、ボストンバッグと現金は一度警察に預けられた。しかしマギレットはホテルの拾得物だったので、速やかに女性に返却することができた。当座の薬は手元にあったので、治療に影響は出ないとのことだ。治療をやり直すことになった場合のリスクを毒島さんから聞いていた爽太は胸を撫で下ろした。

その後、小夜子は窃盗の罪に問われずに済んだことを爽太は知った。

小夜子がボストンバッグを持ち去らなければ、五百万円は詐欺グループの手に渡っていた。小夜子の行為によって、持ち主の女性は詐欺被害を免れたのだ。感謝こそすれ罰を求める気持ちはない、と警察に訴えたそうだ。

認知機能が低下した小夜子が、ボストンバッグのことをよく覚えていないという事情も加味されたのだろう。小夜子がホテルで使った現金はアキラさんが弁済したそうで、それで一件落着となったのだ。

「ほっとしました。最初はどうしようかと思いましたが、みんなで知恵を出し合えば何とかなるものですね。それにしても毒島さんには関係ないことなのに、いつもご迷惑ばかりかけて改めてありがとうございました」

爽太は出会って以来、何度目かもわからないお礼の言葉を口にした。

「いいえ。迷惑なんて思ったことはありません」

毒島さんはそう言いながらも、

「ひとつ気になるのは、美山さんの話に窃盗症（クレプトマニア）の治療に入院させて薬物を使う病院が出てきたことですね。昔のことかもしれませんが、そんなことをしても根本的な治療にはなりません。窃盗症は国際疾病分類に記載されている疾患です。認知行動療法や自助グループへの参加が有効と言われているので、そういった治療を行えればよかったのに、と思います」と顔を曇らせた。

「精神安定剤の乱用は患者さんを不幸にします。そういったことをもっと考える病院が増えてくれればと思います」

たしかにそのときに適切な治療を受けていれば、その後の小夜子の人生ももっと違ったものになっていたのだろう。

「ところで話は変わりますが、ひとつ頼みごとをしてもいいですか」

毒島さんがそういうことを言うのは珍しい。

「なんでしょう。自分にできることなら何でもしますが」勢い込んで爽太は言った。

「ホテルの部屋を長めに予約することはできますか」

「長めと言うとどれくらいですか」

「一ヶ月か、あるいはそれ以上」

今回の通知をＳＮＳに拡散してくれた薬剤師は京都にいるそうで、この夏に東京に来る予定があるという。長期滞在したいので、安くて便利な宿泊場所を探しているとのことだった。

「安くて、交通の便がいい場所と言われて調べたのですが、私もあまり土地勘がなくて……。それで図々しいお願いなのですが、水尾さんのホテルで予約が取れないものかと思ったのですが」

「図々しいなんてことはないです。部屋は何とかしますし、そういう事情なら料金の相談にも乗りますよ」

「ご迷惑じゃないですか」

「そんなことはありません。僕の一存では決められませんが、総支配人に言えばきっとオーケーしてくれると思います」

二ヶ月前、ホテル内で新型コロナウイルスの感染拡大が疑われる事案があった。そのときに毒島さんが現場に来ることもなく、その感染症の正体を見破ってくれたのだ。総支配人はそのときのことを恩義に感じているはずで、その程度のお願いなら喜んで聞いてくれるはずだった。

「一ヶ月も滞在していただけるなら、それなりの料金にできると思います。女性専用のフロアもありますし、煙草の臭いを気にされる方なら、禁煙の部屋を用意することもできますが」

爽太の言葉に毒島さんは戸惑ったように目を瞬かせた。

「いいえ、普通の部屋で結構です。煙草は吸いませんが、女性ではなく男性なので」

「えっ、そうなんですか」

なんとなく女性だと思い込んでいた。そうか。世の中には男性の薬剤師もいるわけで、毒島さんにそういう知り合いがいてもおかしくない。

「私が駆け出しの頃にお世話になった人なんです。日程が決まったらあらためてお伝えします」

殊勝に頭をさげる毒島さんを見て、爽太は漠然とした不安を感じた。

第二話

用法

サプリメントと漢方薬

年　　月　　日

1

毒島さんに頼まれた予約の主が、ホテルを訪れたのは六月半ばの頃だった。

「宇月啓介という人です。言葉遣いが丁寧で、とても感じがいい人でした」

チェックインを担当したくるみが、後から爽太に教えてくれた。

「予約をとってくれたお礼にと、お菓子とこれをもらいました」

休憩室のテーブルには八つ橋の箱が置いてある。そしてくるみの手には小さな丸いお守りが乗っていた。赤い布地に『頭痛封じ守』と刺繍がされている。

「頭痛封じのお守りなんて初めて見たよ」

「京都三十三間堂のお守りです。いくつかあるので、欲しい人がいればあげますとのことでした」

「原木さんって頭痛もちだったの？」意外に思って爽太は訊いた。

「そうなんです。季節の変わり目だとか、低気圧が近づいているときにすごく痛くなることがあります。たまに薬を飲んでも効かないときがあって、そんなときは困ります」

「そうだったんだ。言ってくれればよかったのに」爽太が言うと、

「そういう風に気を使われるのが嫌なので、今まで言わないでおきました」とくるみ

は口を結んでかぶりをふった。

「そうでなくても女性は色んな理由で体調が悪くなることが多いんです。甘えているって思われたくないから、仕事場で体の不調を黙っている女性は割と多いと思います」

頭痛にも種類があって、緊張型頭痛と片頭痛の二つは、男性よりも女性の患者が多いそうだ。緊張型頭痛で約1・5倍、片頭痛では約3倍も有病率に差があるという。女性ホルモンや染色体との関係も取りざたされているが、はっきりしたことはまだ解明されていない、とくるみは言った。

「そんなことをよく知っているね」

「勉強したんです」とくるみは胸を張った。

「毒島さんの影響を受けているのは水尾さんだけじゃないですよ。毒島さんと知り合って、自分の身体と健康は自分で守るべきだということを身に染みて知りました」

お祖母さんのこともあるし、自分なりに色々と考えているのだろう。

「お守りはまだあるというので、他の人にも声をかけました」

先輩の女性社員である落合さんと客室係の中野さんも同じ物をもらったそうだ。

「水尾さんも欲しかったですか」

「自分は大丈夫だよ。だけど薬剤師が頭痛のお守りをお土産にするのってどうなんだろうな。薬よりも神様の方が信用できると言いたいようにも思えるけれど」

そんな言葉を口にすると、それは違いますよ、とくるみは言った。

「いつも薬で治るなら問題はないんです。薬を飲んでも効かないときがあって、それがすごく辛いんですよ。気休めでもいいんです。頭痛封じのお守りをくれるという、その気持ちが嬉しいんです」

三十三間堂は別名を『頭痛山　平癒寺』といって、頭痛に悩まされていた後白河法皇が頭痛平癒を祈って建立したという経緯があるそうだ。

「コロナ騒ぎで旅行ができなくなったとき、そのお守りがフリマアプリで転売されて問題にもなりました。これはレアなお守りなんですよ」

くるみは宇月を擁護した。その口調から彼に好感を抱いていることがよくわかる。

「チェックインが終わった後でも、最近疲れていませんか、と声をかけられました。実は、最近母が体調を崩して、私が祖母の介護を負担する時間が増えていたんです。寝不足で肌がくすんでいたのをメイクで隠していたんですが、あっさり見抜かれてびっくりしました。毒島さんのお知り合いだそうですが、もしかして昔つきあっていたとかいうことはないですか」

二人とも観察力に優れて、勘が鋭いことから結びつけたようだが、いくらなんでもそれは文脈に飛躍がありすぎる。爽太が答えに困っていると、

「この時期に東京に長期滞在する目的も謎ですよね。もしかして毒島さんに会いに来

たのではないですか」とさらに不安をあおるようなことを言う。しかしすぐに言いすぎたと気づいたのか、「すいません。余計なことを言いました」と慌てて話を終わらせた。

くるみの態度から察するに宇月は気が利いて、女性受けする人物らしい。おぼろげに感じていた不安はさらに大きく膨らんだ。


宇月と実際に会ったのは翌日のことだった。

爽太は夜勤で夕方からフロントに立っていた。七時ごろ外出から帰ってきた宇月は、爽太が胸につけていた名札を見て、にこりと笑った。

「水尾さんですね。今回は色々とありがとうございます。リーズナブルな料金にしてもらって本当に助かりました」と満面の笑みで話しかけてきた。

宇月はひょろりとして背が高かった。顔立ちは中性的で、笑うと目尻がさがって、優しげな顔になる。

「とんでもないです。こちらこそＳＮＳの拡散をしていただき助かりました」

爽太は小夜子の件でお礼を言ったが、宇月は真顔で、僕は何もしていないですよ、と言葉を返した。

「ＳＮＳに投稿をしただけなので、それについては気になさらずに。それよりも僕はずっとあなたに会いたいと思っていたんです。こうして会えて嬉しく思っているところです」

予想もしなかった宇月の言葉に爽太は戸惑った。しかし宇月の次の言葉で意味がわかった。

「薬の話をすごく真剣に聞いてくれる一般の方がいるという話を花織ちゃんから聞いていたもので、どんな男性かと興味を抱いていたんです」

毒島さんとは札幌の調剤薬局で一緒に仕事をしていたことがあるそうで、いまでも近況報告と情報交換をしている間柄だと教えてくれた。

「たまに電話で話すと、あなたの名前が出てくるんです。だから東京に来るに当たっては、ぜひとも会って話をしてみたいと思っていたわけです」

宇月は好意的だったが、爽太には毒島さんを花織ちゃんと呼んだことの方が気になった。かなり親しい間柄のようだった。

チェックインで混み合う時間だったために、そのときは長く話すことはできなかった。

「今度、花織ちゃんをまじえて食事でもしましょう」

そう言うと、宇月はフロントを離れてエレベーターホールに向かった。後ろ姿をちらりと見たときに、彼が左足を少し引きずっていることに気がついた。

くるみから聞いた話では、東京に来たのは就職活動も兼ねているそうだ。

　これまでは派遣の薬剤師として全国各地を転々としてきた。しかし新型コロナウイルスの影響で地方の派遣の仕事が減ってきた。それで腰を落ち着けて仕事をするために、求人募集の多い東京に来たとのことだった。

「そんなプライベートな話をどうやって訊き出したのさ」

　爽太は驚いたが、くるみは心外そうに言葉を返した。

「訊き出したわけじゃないです。自分から教えてくれました。宇月さんって、話し好きなんですよ。朝、外出するときにスーツ姿のことが続いたので、どこに行くんですかって訊いたら面接だって教えてくれました」

　一ヶ所にじっとしていることが苦手なので、派遣（フリー）の薬剤師というノマド的な働き方が性に合っている。しかしそれを続けるには厳しい情勢になってきた。それでやむを得ず正社員の職を探している、と説明したそうだ。

「なんていうか、自由人って感じで、私、ファンになっちゃいました」とくるみはうっとりした声でつぶやいた。

　しかしその数日後、爽太は宇月の意外な面に出くわした。

　外出から戻ってきた宇月が、ホテルのエントランスで足をもつれさせたように、体勢を崩して膝をついたのだ。そのまましばらく動けないようだった。幸いにもチェックインの客はいなかったので、爽太はすぐにフロントから飛び出した。

「大丈夫ですか」

　声をかけて助け起こす。

「ありがとう。ちょっと足がもつれただけで、たいしたことはありません。今日は移動が多かったから、少し疲れたのかな」

　とりあえずロビーのソファに座らせる。部屋までお連れしましょうか、と申し出る爽太に、

「大丈夫。そこまでのことはありません」と手をふった。

「でも、これから長くお世話になるから一応言っておきますね。学生時代に事故に遭って、左手と左足、それから他の箇所にも麻痺（まひ）が残っている状態です。長く歩いたり、立っていたりすると、手足がしびれて動かなくなることがたまにあります。日常生活に大きな支障はないので基本的に心配は無用です。余計な気を使わせると申し訳ないので、他のスタッフの人たちにも伝えてもらえますか」

「わかりました。でも助けが必要になったら、遠慮なく声をかけてくださいね」

「そうですね。自分だけで対処できなくなったら、そうさせてもらいます」

　数日後。

爽太は毒島さんと宇月、そしてフロントの落合さんというメンバーで食事をすることになった。

その四人で集まったのには理由がある。数ヶ月前、ホテルで感染症騒ぎが起こり、毒島さんの助言で大事にならなかったことがあったのだ。その後で毒島さんの存在を知った落合さんから頼まれて、毒島さんへの相談を取り次いだ。毒島さんはオンラインですぐに相談を受けてくれた。

爽太も同席して聞いていたが、落合さんの相談とは同居する五十代の母親のことだった。

更年期障害を患いＨＲＴと呼ばれるホルモン補充療法を受けていた。しかし思ったような効果が出ないことが原因で、医師に相談することなく勝手にやめてしまったのだ。

ホルモン補充療法とは、加齢によって減少した卵胞ホルモン（エストロゲン）と黄体ホルモン（プロゲストロン）を薬剤で補充する療法だが、開始直後は体内のホルモン量の変化でむくみや吐き気、不正出血などの副作用が出ることがあるそうだ。さらには継続的に薬剤を摂取しないと思ったような効果が得られないこともある。

「ウチの母って、そういうところがいい加減でだらしないんです。体が辛くなるとすぐに飲むのをやめて、それを医師に指摘されても、飲んでますと嘘をついてごまかして……」

それがバレて怒られたこともあり、結局二ヶ月ほどで通院をやめてしまったとのことだった。

「ちょうどコロナの騒ぎが大きくなった時期で、不要不急の外出は控えてくださいってアナウンスがあった頃です。医師に相談もなく治療をやめて、その後はネットで情報を探しては更年期障害に良いとされるサプリメントや健康食品、漢方薬を買い漁るようになりました。そんな母を見ていて、なんだか心配で」

それが落合さんの訊きたいことだった。

「いまもネットの情報や動画を見ては、紹介されているサプリメントや健康食品、漢方薬を買い込んでは使っているみたいです。中にはいかにも怪しげなものもあって、逆に体に悪いんじゃないかと心配しています。でも私が言っても聞かなくて……」

落合さんが注意すると、いいものか悪いものかは見ただけではわからない、だから買って自分で確かめているんだ、と開き直るそうだった。

「今の時代、ネットに限らずドラッグストアの棚にもサプリメントや健康食品、漢方薬がずらりと並んでいるじゃないですか。どれにも素晴らしい宣伝文句が書かれていて、いかにも体によさそうに思えます。でも実際のところはどうなんでしょう。本当に効果があるんでしょうか。自分で調べてもよくわからないので、薬剤師さんに相談してみようかなと思ったんです」

落合さんの話を聞いて、毒島さんは困ったようだった。タブレットの画面の向こうで思い悩んでいる様子がよくわかる。

「すみません。なんだか曖昧な質問で」落合さんは申し訳なさそうに肩をすくめた。

「そうですね。自分の知っている知識の中でお答えはしますが、どこまで期待に添えるかは正直言って、自信がありません」

毒島さんは言葉を選ぶように喋り出した。

「HRTをやめてしまったとのことですが、治療内容については聞いていますか」

「いいえ。そこまでは知りません」

「医師の了解なくHRTを中止してしまったことは気になりますね。体内のホルモンバランスが崩れると様々な副作用が起こります。それがあらたな体調不良の原因になっているとも限らない。病院で検査を受けた方がいいと思うのですが、話を聞いている限りでは、お母さんが了承するとは思えませんね」

「そうですね。病院は嫌だって、ことあるごとに言ってます」

そのやり取りで美山さんのことを思い出す。一度嫌な思いをすると、その記憶が心に刷り込まれてしまうことがあるのだろう。

「わかりました。無理強いはできないので、可能であれば、それとなく奨（すす）めるようにしてください。それで質問されたことですが――」

サプリメントや健康食品、漢方薬と一口に言っても含有される成分は様々で、そういった成分を摂取したときの特徴や効果、副作用を説明することはできるが、個人差もあるので効果があるかないかということはわからない、と毒島さんは言った。

「漢方薬についての基礎知識はありますが、ネットで販売されているサプリメントや健康食品については、残念ながら私も知識が及びません。自分はこういう薬を飲んでいる、ついてはサプリメントや健康食品を飲むときの注意があるか、というような質問であれば回答もできますが……」

「じゃあ、サプリメントや健康食品を使うときの目安とかはないですか。こういった製品なら効き目があるとか、こういったものを飲まない方がいいとか」

「効き目に関してはわかりませんが、服用するなら身元のしっかりした会社が販売しているものを使った方がいいでしょう。サプリメントや健康食品といえども含まれている成分によっては副作用が起きないとも限りません。サポート体制が整っていない会社の製品を使用して、問題が起きれば被害回復はすべて自分で行うことになりかねません」

「サプリメントや健康食品でも副作用があるんですか」

落合さんは意外そうな顔をした。

「サプリメントや健康食品を使用しての健康被害の相談は、年に千件以上発生しています。多いのは定期購入を解約できないなどの相談のようですが、副作用を訴える相談も一定数あるようです。それは食品に限らず、化粧品などでも起こりえます」

「そういえば化粧水で肌荒れしたとか、石鹸でアレルギーが起こったとかいうニュースを前に見たことがあります」

「化粧品の場合、肌から成分を吸収しますからね。サプリメントや健康食品で注意すべきは、複数の組み合わせによる相互作用と過剰摂取による弊害です。医薬品を適正に使って副作用が出たときは、〈医薬品副作用被害救済制度〉という仕組みがありますが、サプリメントや健康食品には適用されません。そういう意味でも素人の自己判断は危険です。新型コロナウイルスも落ち着いてきたことですし、もう一度ホルモン療法を再開してはいかがでしょうか。医師との相性が悪ければ、違うクリニックや病院を探すという方法もありますし」

「自分の母親の悪口を言うのは嫌なのですが、とにかくいい加減で、すべて他人まかせな人なんです。それでいながらすごく頑固で、気に入ったらとことんのめり込むくせ、嫌だと思ったら梃でも動かないところがあって……」と落合さんはため息をついた。

どうやら病院には行かなそうだ。

「病院が信用できないなら、漢方薬による治療を行うという方法もありますが」

「漢方薬はすでにドラッグストアで買って飲んでいるようです」

「ドラッグストアで売っているのはＯＴＣ薬です。そうではなくて漢方医学による治療を行うという選択肢があるのです。患者さんの体質や自覚症状に沿った治療をしてくれるため、自律神経や免疫機能、内分泌系が関与した疾患に効果があるといわれています。ただし標準医療とは違った体系で診断・治療を行うために、人によっては馴染めないかもしれません」

「どんな治療を行うのですか」

「医師が望診、問診、聞診、切診を行います。患者さんの顔色や皮膚のつや、舌の様子などを診て、主訴や自覚症状を確認し、声の調子や呼吸の様子を観察して、それから脈や腹部に触れて症状を確かめます。そうやって患者さんの〈証〉を立て、それに基づき漢方のエキス剤や湯剤——煎じ薬を処方します」

「証というのは何ですか」

「患者さんの体質、体力、抵抗力、症状の現れ方を表すものです。漢方医学の医師はそれを見極めて漢方薬を決めるのです」

「なんだか面白そうな方法ですね。ちょっと興味がわきました」

「もっとくわしく説明したいところですが、実は私もこれ以上の知識はありません。間違ったことを伝えても申し訳ないので、興味があるようでしたら、あらためて調べておきますが」

落合さんは少し考えた。

「私が興味を抱いても、母がどう思うかはわかりません。調べていただいても、そんなの嫌だわって言われたら、それで終わりです。そこまでしていただくには及びません」

自分で調べて母に話します、と落合さんは言った。

それが五月のはじめの頃だった。

爽太はそれきり忘れていたが、毒島さんは気にしていたようなのだ。

宇月がホテル・ミネルヴァに泊まることになって、その件を相談したらしい。宇月は漢方薬・生薬認定資格を持った薬剤師だった。宇月の承諾を得た後で、あらためて毒島さんが落合さんに声をかけたということのようだった。

「三人で集まる理由はわかりました。でもお母さんの相談をするんですよね。自分が同席してもいいんですか」

「いまさら気にしないでいいわよ。前のときも隣で全部聞いていたじゃない」

口ぶりからすると、毒島さんを紹介してもらったお礼という意味もあるようだ。そういうことなら断る理由はない。それで参加することになったのだ。

集まったのは見番横丁の近くにある〈狸囃子〉という日本酒バーだった。

「すみません。わざわざ時間を作っていただいて」

頭をさげる落合さんに、宇月は笑いながら、

「気にしないでいいです。そういう話をするのは好きなので」と言葉を返す。

「宇月さんにとって、薬は仕事であると同時に趣味なんです」と毒島さんも言い添える。

「漢方薬を含めた薬の歴史や素材についてもくわしく知っています」

「たしかに趣味といえば趣味ですね。患者さんに向かって薬のうんちくを語る必要はあまりないですから」

すでに全員が顔見知りだったので、前置きは省いてすぐに本題に入った。

毒島さんがまずは訊く。

「最近のお母さんの様子はどうですか」

「病院に行くことを勧めました。でも医者は信用できない、行っても嫌な思いをするだけだと言って言うことを聞きません。漢方外来の説明もしましたが、私の言い方が

悪いのか、そんなのは嫌だって拒否されました。それでいて通信販売でサプリメントや健康食品、漢方薬を買っているんです。本当に子供みたいで嫌になります」と落合さんはうつむいてため息をつく。

「気持ちはよくわかります。お母さんが心配なんですね」

宇月が気遣うように声をかけると、

「そうなんです。わかってくださって嬉しいです」と落合さんは顔をあげた。

「……ああ、そうだ」と落合さんは思い出したように言った。

「頭痛封じのお守りありがとうございます。お礼を言うのをすっかり忘れていました」

「いいえ。お礼なんていいですよ。気に入っていただければ幸いです。頭痛はご自身が悩まれているのですか」

「それも母親のためです。薬を飲んでも頭痛が治らないというので、いただいたものを渡したんですが……」

落合さんは言葉を濁した。どうやら母親はあまり感謝しなかったようだ。しかし宇月は気にする様子も見せずに、

「しつこい頭痛は厄介ですからね。薬で治らないときはひたすら耐えるしかない。お守りを持つことで気持ちが紛れる人がいればと思ってお土産に買ってきたんです」とにこやかに言った。

「それでお母さんの話に戻りますが、現在使っているサプリメントや健康食品、漢方薬の名前はわかりますか」

　宇月の質問に落合さんは首をふる。

「毒島さんに相談した後、怪しげな商品をネットで注文したことがわかって、それで強く文句を言ったんです。南極の地下から掘り上げた深層地下水とかで、デトックス効果に優れて、更年期障害や糖尿病に効果があるというんです。小さなペットボトル一本で五百円とかするんですよ。こんなの効くはずがないじゃないって怒ったら、それからは注文した商品を私に隠すようになりました。だから現在、どんなサプリメントや健康食品を使っているのかはよくわかりません。漢方薬は前に使って、家に残っていたものをメモしてきました」

　落合さんはスマートフォンを取り出した。

「当帰芍薬散、加味逍遙散、桂枝茯苓丸、それから防風通聖散ですね。でもどんな飲み方をしていたのかはわかりません」

　不安げに言う落合さんに、宇月は穏やかに頷いた。

「どれも有名な漢方薬ですね。特に当帰芍薬散、加味逍遥散、桂枝茯苓丸は更年期の女性にいいとされている薬です。女性の三大処方ともいわれて、婦人科の処方薬としてもよく出るものです」

それから毒島さんを見て、

「どうめき薬局でもよく出る処方ではないですか」と問いかけた。

「そうですね。23番、24番、25番はよく出ます」毒島さんは即答した。

「23番とか24番って何ですか」落合さんが不思議そうな顔をする。

「ああ、すみません。つい癖で」

毒島さんはしまったという顔をする。

「製薬会社が出している漢方エキス剤の共通の番号です。漢方薬は似た名前が多いので、間違えないように通し番号がふられているんです」

「薬剤師は間違えない、番号がふられているのは医者のためだ、という薬剤師ジョークがありますが」と宇月は笑って、

「23番の当帰芍薬散は冷え性や足のむくみにいいとされています。24番の加味逍遥散は更年期障害や自律神経失調症、25番の桂枝茯苓丸は肩こりや月経困難症によく使われます。さらに62番の防風通聖散はのぼせや、便秘、吹き出物に効果があります。代謝を高めて、脂肪を分解、燃焼させるため、ダイエットにも効果があるとも言われている薬です」

宇月はウーロン茶のグラスを持ち上げ口をつけた。

相談に乗るためには頭をクリアにする必要があると言ってアルコールは注文しなか

った。毒島さんもそれに倣ってウーロン茶を頼んだ。落合さんはアルコールがダメなのでノンアルコールのサングリア。一人だけ酒を飲むのもはばかられて、爽太もノンアルコールビールを注文していた。

「じゃあ、どれもきちんとした効果がある薬なんですね」

落合さんは安心したように息をつく。

「もちろん効果はあります。でもいい効果だけが出るとは限りません。飲み方によっては悪い効果が出ることもあります。だから飲み方には注意が必要です」

「どういうことですか」

落合さんはまたも不安そうな顔になる。

「漢方薬は効果が穏やかで、副作用が少ないというイメージがありますが、薬である以上副作用がないわけではありません。さらに複数の漢方薬を使用したり、サプリメントや健康食品と併用することでリスクが生じることもあります。医師や薬剤師に相談することなく、自己判断で複数の薬を飲むのは危険を伴う行為です」

宇月は丁寧な口調で説明した。

「漢方薬は通常、何種類かの生薬を配合しています。だから複数を飲むと成分が重なることがあるんです。たとえば当帰芍薬散には当帰、川芎、芍薬、茯苓、蒼朮、沢瀉が配合されています。そして加味逍遥散には柴胡、芍薬、当帰、茯苓、蒼朮、山梔子、牡丹皮、甘草、生姜、薄荷、桂枝茯苓丸には桂皮、芍薬、桃仁、茯苓、牡丹皮が配合されているんです。こうして並べると、当帰は二薬に、芍薬は三薬に配合されていることがわかると思います」

　宇月は暗唱で生薬名を口にした。

「当帰を過剰摂取すると、胃の不快感やもたれ、食欲低下、胃痛などの副作用が出ることがあります。芍薬はリスクが少ないですが、他にも過剰摂取で副作用を起こす生薬はあります。甘草は漢方薬の七割に配合されている生薬ですが、摂りすぎると偽アルドステロン症になることが報告されています。さらに柴胡の過剰摂取では間質性肺炎が起きる危険が指摘されています。サプリメントや健康食品は食品ですが、漢方薬は医薬品です。ドラッグストアで販売されているＯＴＣ薬であっても、併用や過剰摂取によっては健康被害が出る危険があるわけです」

　宇月の言葉に、落合さんは真剣な顔で頷いた。

「わかりました。漢方薬の飲み方には注意するように母に言います」

「それからサプリメントや健康食品との併用にも注意が必要です。サプリメントや健康食品に含有されている成分で相互作用が起きることもありますから」

「あの、そのあたりがよくわからないのですが」と落合さんは首をかしげた。

「サプリメントや健康食品は食品だと言いましたよね。食品であるなら、そこまで注意をしなくてもいいのではないですか」

「その説明は少し複雑なのですが……」

宇月は腕組みをしてから、

「それについてはまず水尾くんに訊いてみましょうか。サプリメントや健康食品と医薬品の違いを説明できますか」と笑みを浮かべて爽太を見た。

いきなり質問されて爽太は戸惑った。

「たしか、医薬品は薬機法によって定められたものですよね。食品はそれ以外のものになるのではないですか」

毒島さんの顔を視界の端にとらえながら返事をした。いつだったか、そんな話を聞いた覚えがある。

「正解です」宇月は嬉しそうに頷いた。

「さすが花織ちゃんと親しくしているだけのことはありますね。薬機法という名前を知っていたことは立派です。正式には、〈医薬品、医療機器等の品質、有効性及び安全性の確保等に関する法律〉と言います。昔は薬事法と言ったので、そちらの名称で覚えている人も多いです。薬機法は医薬品だけでなく、医薬部外品や化粧品なども規制しています。しかしサプリメントや健康食品についての規制はありません。厚労省によると、健康食品とは〈健康の保持増進に資する食品全般〉であって、サプリメントは〈特定成分が濃縮された錠剤やカプセル形態の製品〉を指します。ここまでの話で何を言いたいかと言うと、健康食品は食品衛生法の範囲内でなら、誰でも製造・販売できるということです。ただし医薬品のように効能や効果の表示をすることはできません。そこは薬機法で規制されています」

「でもテレビで、健康にいいという食品のＣＭをよくやっていますよ。それも大きな会社が有名な芸能人を使っています。あれはどういうことなんですか」

　落合さんが怪訝な声で質問した。

「それは保健機能食品ですね。特定保健用食品（トクホ）と機能性表示食品、栄養機能食品の三つがあって、国の審査のもと、消費者庁の許可を受けた食品が表示できます」

「トクホって言葉はよく聞きます。健康にいいというイメージで捉えていましたが、普通の健康食品とどう違うんですか」

　落合さんが重ねて訊いた。

「トクホは、健康の維持増進に役立つことが科学的根拠に基づいて認められたものですが、国の審査と届け出があって、開発、販売のハードルが高くなっています。機能性表示食品は、健康の維持や増進に役立つ機能をもつ食品で、届け出は必要ですが審査はありません。栄養機能食品の表示は、亜鉛、カリウム、鉄、ビタミンなどの栄養成分に限定されていて、審査もないし、届け出も不要です」

もとはトクホと栄養機能食品の二つだったのだが、トクホの開発には時間とコストがかかるため、審査を必要としない機能性表示食品という分類ができたそうだ。

「ということはトクホが一番体にいいということですか」と落合さんは訊いた。

「トクホは明確な効果が期待できる——ということですかね」と宇月は言い直した。

「いい悪いというのは恣意的な言葉ですからね。その違いは広告宣伝の規制で明らかです。トクホでは〈血糖・血圧・血中のコレステロールなどを正常に保つことを助ける〉〈おなかの調子を整える〉〈骨の健康に役立つ〉といった表示が許可されていますが、しかし機能性表示食品においては〈お腹の脂肪を減らす機能があります〉〈睡眠の質を高めることが報告されています〉といった表示に限定されます」

「報告はあっても、実際に効くか効かないかは飲んでみないとわからないってことですか」

「医薬品とは違いますから、服用して必ず効果があるとは限らない。しかし普通の健康食品やサプリメントでは、そういった表示もできません。薬機法と健康増進法で、効能効果を断言したり、健康保持増進効果についての虚偽・誇大広告の表示が禁止されているからです」

「ああ、そういうことですか」

落合さんが納得したように手を打った。

「母が買っていたサプリメントや健康食品の箱には、〈翌日スッキリ〉とか、〈張りのある毎日を〉とか、〈日々のエネルギー充塡に〉とかいった宣伝文句が書かれていました。具体的な効果ではなく、イメージが書かれていたのには、そういう理由があったんですね」

「薬機法に抵触しない宣伝文句——ということですね」

「じゃあ、やっぱりサプリメントや健康食品は使用しない方がいいですか。前に毒島さんにも副作用の危険を指摘されたんですが、言っても素直に聞かなくて……」落合さんの顔が暗くなる。

「母の場合、サプリメントや健康食品が心の拠り所になっているようなんです。飲むのをやめろと言っても、素直に聞き入れてくれるかわかりません」

「そこまで神経質にならなくてもいいですよ。常識的な使い方をすれば問題はありません。ただしネットの情報を鵜呑みにして、手当たり次第に飲むことはやめた方がいいですね。あと外国の製品も注意が必要です。違法な成分が混入していた例が過去に何度もありましたから」

「わかりました。そこには十分に気をつけます」と落合さんは頷いて、

「あと、毒島さんにも訊いたのですが、漢方の治療はどうなんでしょうか。ただ漫然とサプリメントや健康食品を摂っているよりは効果がありそうに思えますが」

「そうですね。では次にその説明をしましょうか」

宇月はウーロン茶のグラスを口に当てて、喉を湿らせた。

「まずは確認ですが、漢方薬についてどれくらいのことを知っていますか」

「中国の薬だということくらいしか知りません」落合さんが答えた。

「水尾くんはどうですか」

爽太は考えた。これまで漢方薬の話を毒島さんから聞いたことはない。

「自分もほとんど知らないです」

「それなら言葉の定義からはじめましょうか。まず漢方と漢方薬では言葉の意味が違います。混同すると面倒なので、まずはそれを分けてください」

宇月は爽太と落合さんの顔を順番に見た。

「漢方とは、漢方医学や漢方医療を短縮した言葉で、鍼灸、按摩、薬膳、気功を含んだ医療体系のことを指します。そして漢方薬とはその理論に基づいて処方される薬のことです。現代医療で使用される西洋薬は、人工的に合成された物質からなり、その多くは単一の成分で構成されています。しかし漢方薬は植物、動物、鉱石などの天然の生薬からなり、原則として二種類以上が配合されています。それから落合さんが、漢方薬は中国の薬と言いましたがそれは間違いです。漢方薬は日本の薬であって、中国の薬ではありません」

爽太はぽかんとした。漢方薬が日本の薬とはどういうことだろう。落合さんも同じことを思ったようで、

「中国で使われている漢方薬と、テレビで言っているのを見たことがあります」と反論した。

「その表現が誤解に基づくものなんです。中国の人が日本の漢方薬を輸入して使っているなら、その表現も間違ってないわけですが、そういう例はあまり一般的だとは思えません。日本の漢方医学に該当する医学は、中国では中国伝統医学や中医学と呼ばれています。漢方医学とは、漢から渡来したという医学という意味です。江戸時代、オランダ医学と区別するために、それぞれを漢方医学、蘭方医学と呼んだことがはじまりです。その後、明治政府が西洋医学を標準医学と定めたことで、蘭方医学はただの医学となりました。それで傍流となった漢方医学という言葉だけが残ったのです」

「漢方医学と中医学って、まったく違うものなんですか」落合さんが目をまるくする。

「基本の理論や体系は同じです。中医学の歴史は古く、紀元前の春秋戦国時代から秦や漢といった統一王国の時代にかけて、古典といえる医薬学書がまとめられています。日本でいうと弥生時代から邪馬台国にかけての頃の話です。ちなみに西洋医学の祖とされているヒポクラテスは紀元前四百年前後の人ですから、歴史においても中医学は西洋医学にひけをとりません」

中医学は、仏教などの大陸文化とともに日本に渡来したそうだ。その後は断続的に遣隋使や遣唐使、留学生が当時の最新の情報を持ち帰り、朝廷や幕府の庇護のもとで日本の主流医学となったという。

「時代が進むにつれて、漢方医学は日本で独自の発展を遂げました。実践と理論、どちらを重要視するかという論争もあって、より実用的で実践的な医学を目指す方向に進みます。しかし明治時代になると、西洋化を目指す新政府の方針で漢方医学は廃絶の道を辿ります。その後、西洋医学一辺倒の方針に警鐘を鳴らす関係者も現れて、昭和になって再び脚光を浴びるようになるわけです」

宇月は立て板に水の口調ですらすらと話す。これまでに何度も口にしている内容なのか、何かを見ることもしないし、途中でつかえることもなかった。

「漢方医学は、中国に源流をもちながら、日本国内で独自に発展した医療というわけです。たとえるならラーメンやカレーライスと似ているかもしれません。インド料理や中国料理に源流をもちながら、日本国内で独自の発展を遂げて、ひとつのジャンルを作るに至ったという過程はよく似ていると思います」

「まったく知りませんでした」落合さんは素直に驚きを表した。

「この話をすると誰でも驚きます。だから漢方医学の説明をするときは、いつもこの話から始めることにしているんですよ」と宇月はにこやかに打ち明けた。

道理で喋りなれているはずだった。

「西洋医学と漢方医学の違いは、西洋医学は病気の原因を探して、それを治すための治療を行うものであり、漢方医学は病気ではなく、病人を見ることに主眼を置く医学ということにあります。もっと簡単に言えば、西洋医学は病気を治し、漢方医学は病人を治す医学ということです」

「それって言い方を変えただけで、同じことじゃないですか」

落合さんが首をひねる。

「原理原則が違うんです。西洋医学は病気の原因を特定して、その原因を取り除くことを治療としますが、漢方医学はその人が本来もっている体質と、そのときの体調を重視します。病気になるのは人間を構成する要素が乱れているためで、その乱れを治すことが病気の治癒につながると考えるのです。西洋医学は病気を科学的に捉えます。アレルギーの症状で悩んでいる人には、アレルギーの原因となるヒスタミンの発生と放出を抑える抗アレルギー薬を処方します。特別なとき以外は、患者固有の体質や個性には気を配りません。しかし漢方医学では体質や個性こそを重視します。アレルギーを発症しないような体質改善を目指すことを治療の目的とするわけです」

西洋医学の弱点は、原因が特定できないと治療を行えないことだ。しかしそれは漢方医学には当てはまらない。症状とその人の体質、個性から判断して治療に当たることができるのだ。

「葛根湯(かっこんとう)という漢方薬を知っていますか」

宇月は落合さんに質問した。

「知っています。風邪のひきはじめによく飲みます」

「では葛根湯を風邪のひきはじめに飲むべき理由は知っていますか」

落合さんはしばらく考えた。

「いえ……知りません」

「葛根湯には葛根、大棗(たいそう)、麻黄(まおう)、甘草、桂皮、芍薬、生姜という七つの生薬が含まれています。それらは発汗を促し体温をあげる効果があります。風邪のひきはじめは、体内のウイルスがまだ増えていない状態なので、体温をあげてウイルスを撃退すればそれで体調は戻ります。でも症状が進んでウイルスが増えてしまうと、熱をあげてもウイルスを撃退できずに、逆に体力の消耗を引き起こします。だから葛根湯は風邪の初期症状に使うべきで、発熱した後は使わない方がいいとされています。しかしそれは西洋医学の考えによるもので、漢方医学本来の使い方ではありません」

「どういうことですか」

爽太と落合さんは顔を見合わせた。

「西洋医学的に説明すると、葛根湯には抗炎症作用がある、だから発熱に限らず鼻炎、頭痛、肩こりなどにも効果があるとされるのです。しかし漢方医学の理論では、葛根湯は実証の人に向くとされています」

「実証って何ですか」落合さんが訊いた。

証とは、患者さんの体質、体力、抵抗力、症状の現れ方を表すもので、漢方医学の医師はそれを見極めて漢方薬を決めるという話は、前に毒島さんから聞いている。

「人間が本来もっている生命力や抵抗力を正気（せいき）、病気をもたらす原因を邪というのですが、正気が弱いために発症した病気を虚証、邪が強くて発症した病気を実証、その両方が複合した状態を虚実錯雑証と言います。〈実〉は物がつまっている状態、〈虚〉はものが足りない状態を示しています」

なんだか複雑な話になってきた。

「ということは、漢方薬を使うには、実証か虚証か虚実錯雑証かを判断してから使わなければいけないってことですか」

落合さんが目を白黒させながら質問した。

「それでもまだ足りません。病気によって体に熱がこもった状態の熱証か、寒になった状態の寒証かを見定めて、症状の出た部位から、それが表証か裏証かを区別する必要もあります」

漢方医学では人の体は〈気（き）・血（けつ）・水（すい）〉によって成り立っていると考える。

気とは人間の体を動かすエネルギーであり、血は体内にある赤い液体、水は体内にある透明な液体を指している。この三つのバランスが整っているのが健康な状態で、ひとつでも不足したり、滞ったりすると、体の不調や病気を引き起こすと考えられている、と宇月は言った。

話が次第に難解になってきた。爽太と落合さんがぽかんとしていると、

「宇月さん、先走りすぎですよ」と毒島さんが注意してくれた。

「宇月さんが言いたかったことは、漢方医学の原理原則に従って葛根湯を使おうとしたら、そこまで手順を踏まないといけないということです。いまの話はそこからそれています」

「ああ、そうだった。フォローしてくれてありがとう」

宇月は頭を掻いて、毒島さんに笑いかけた。

「患者の表情や肌のつや、病歴、脈などから状態を見極め、治療薬を決めるのが漢方医学の原則です。風邪のひきはじめには葛根湯がいいというのは現代医学の考え方であって、漢方医学本来の使い方ではありません。それをまずは理解してほしかったんです」

「わかりました……」

落合さんは何かを考えるように額にしわを寄せた。

「漢方医学は、現代医学とは別の方法で患者に接する医学ということですね。でもそれだと患者に基本的な知識がないと続かないような気がします。ウチの母のような性格だと、一度行っただけでこんなのは信用できないとか言い出しそうです」

「そうですね」宇月は笑った。

「お母さんが漢方医学の治療を受けるためには、基本を理解して、前向きに取り組もうと決める必要があります。漢方外来のある病院や漢方薬局ならば、病名のつかない体調不良、いわゆる未病や体質改善などの相談に乗ってくれるでしょう。しかし生半可な気持ちで行ってもいい結果は望めないと思います。とりあえずは基本的な知識を得てから、訪ねる病院や薬局を探してください。どこに行けばいいかわからないようなら、信用できる漢方医や漢方薬局を紹介してもいいですよ」

宇月の言葉を嚙みしめるように落合さんはゆっくりと頷いた。

「わかりました。もう一度母とよく話してみます」

「とりあえず僕が言うべきことは言いました。花織ちゃんから言いたいことは何かありますか」

宇月に話をふられて、毒島さんが口を開いた。

「宇月さんも触れましたが、漢方薬には向く分野と向かない分野があります。漢方薬が得意とするのは検査をしても異常がない場合や、西洋医学の薬が飲めない場合、飲んでも効果が出ない、あるいは副作用が出る場合などです。癌（がん）や心筋梗塞、脳梗塞などには西洋医学の治療が必要不可欠ですが、その前後の患者さんのＱＯＬ（クオリティオブライフ）をサポートするのに漢方薬は有効だと私は思います。現在保険適用されている漢方薬は百四十八種類あって、様々な症状に対応できます。しかしその反面、気軽に使えることでの弊害もあるようです」

毒島さんは葛根湯の話を再び取り上げた。

「葛根湯には、風邪の初期症状に効果があると同時に眠くならないという効果もあります。構成成分の麻黄にエフェドリンが含まれているからです。エフェドリンはメタンフェタミンと構造が似ていて、中枢神経・交感神経系に賦活（ふかつ）作用があります。最近ネットの情報でそれを知った学生や受験生が服用する向きもあるようですが、そういった本来の使われ方ではない使用方法が広がることには危惧（きぐ）を感じます。漢方薬に配合されている麻黄は安全な投与量が設定されています。それだけで重篤な副作用が出ることはないでしょうが、他の薬剤やサプリメントとの併用においてはその限りではありません」

毒島さんの話に落合さんは深く頷いた。

「わかりました。色々なことを教えてくださって、本当にありがとうございます」

落合さんは背筋を伸ばして、宇月と毒島さんに頭をさげた。

「力になれたなら嬉しい限りです。漢方医学は、その成り立ちや発展、生薬の原料などにも面白い話があるので、よかったら次はその話をしましょうか」

宇月はそう言いかけてから、いてて、と顔をしかめて足を押さえた。

「大丈夫ですか」

すぐに反応したのは毒島さんだった。心配そうに手を差し伸べる。

「ありがとう。大丈夫です」

腰に巻いたポーチに手を伸ばしたが、顔をしかめて動けない。

「……ポーチから薬を取ってくれますか」

毒島さんが手を伸ばして、薬の袋を取り出した。薬の袋には68という数字と〈芍薬甘草湯　筋肉がけいれんして痛む方に〉という記載があった。

宇月は店員からもらった水で粉末の薬を飲みほした。

「体調が悪いんですか。私のために無理をさせたならすみません」落合さんが心配そうに覗き込む。

「足がつっただけです。左足に麻痺があるせいか、長い時間座った後、ちょっと体を動かすだけで右足が痙攣(けいれん)を起こすことがあるんです。気がつかないうちに負担がかかっているのでしょう。この芍薬甘草湯には、筋肉のイオンバランスを整えて、過剰な神経伝達を遮断する効果があるんです。だからいつも持ち歩いて、何かあれば服用するようにしています」

まあ、これも漢方医学本来の使い方ではないわけですが、と宇月は笑って、

「実は漢方薬に興味をもったのも、この体が原因なんです。僕が遭った事故の話を彼らにしましたか」と毒島さんを振り返る。

「しませんよ。そんな個人的なことを勝手に言うはずないじゃないですか」毒島さんは眉をひそめる。

「そうですか。まあ、聞いて楽しい話じゃないですが……」

会話が途切れて、空気が微妙に重くなる。

「……お疲れのようですし、今日は終わりにしましょうか」

そう言ったのは落合さんだった。言われてみればもっともだ。

それでその日は解散となった。

事態が変わったのはその数日後のことだった。

落合さんは深刻な顔で、「母が妙なことになっている」と爽太に言ってきた。

南極の地下から掘り上げた深層地下水のことで文句を言って以来、母親はサプリメントや健康食品のことを隠すようになっていた。また喧嘩(けんか)になるのが嫌だったので、しばらくは知らんふりをしていたが、宇月の話を聞いたことで、きちんと話をしてみ

ようと思い立った。母親が納得すれば、漢方医や漢方薬局に連れて行ってもいいと思ったのだ。自分が同席すれば母もいい加減なことはしないだろう。それであらためて話をしたが、そのときに母親があるサプリメントにはまっていることがわかったそうだ。ドラッグストアや通販では売っていない特別な製品で、体内のホルモンバランスを整える効果があるらしい。飲みはじてから体調がよくなったそうで、あんたも飲んでごらんよ、と言ってくるほどの入れ込みようだった。

落合さんは驚くとともに、奇妙に感じたそうだ。

これまでに母親が自分にそういったものを奨めてきたことは一度もなかった。

それが今回に限って、やけに積極的だったのだ。

『体調が本当によくなるから、騙(だま)されたと思って飲んでみなさい。病気の予防効果もあるし、これを飲んでいればコロナも怖くなくなるよ』

母親はサプリメントのボトルを落合さんに見せた。エストロンFという製品だった。豊かなバストと、きゅっと締まったウエストをもったモデルのような女性のシルエットが淡いピンクのラベルに描かれている。

『天然由来の成分だけを使ったサプリメントなのよ。ホルモンバランスを整える効果に優れているから、更年期障害はもちろん、月経不順や月経前症候群(PMS)にも効果があるそうよ。若い女性が飲めば妊娠力を高めることになるし、自然治癒力と自己免疫力を高める成分も配合されているから、高齢者にもいい効果があるんですって』

ＰＭＳとか、自然治癒力、自己免疫力といった言葉を母親がこれまでに口にしたことは一度もない。それに妊娠力って何なんだ。

落合さんは母親に、そのサプリメントを購入した経緯を問い詰めた。母親は曖昧にごまかそうとしたが、落合さんも引かなかった。そして母親がそのサプリメントを大量購入していたことをついに聞きだした。五十錠入りのボトルが十個入ったケースが全部で五ケース。ボトルひとつが一万二千円なので、しめて六十万円分を購入していた。

落合さんは驚き、呆れるとともに恐怖を感じたそうだ。一体母はどうしてしまったのか。

「こんなもの返品しなさいって怒鳴りつけたら、逆に怒り出しちゃって――」

正価一万五千円のところを会員価格で購入したというのだ。購入した数によって会員のステージが決まるから絶対に返品なんてしない、といきり立つ母親を見て、落合さんは呆然とした。

「誰かを新会員に誘って、そのサプリメントを売りつけると、代金の一部がキックバックされて、自分のステージがあがるというシステムらしいのよ。その会員がまた新たに新会員を募ると、その分もキックバックされると言うけど、それってどう考えてもマルチ商法の類いよね」

　ボタニカルバンクという団体らしいが、ネットで調べてもくわしいことはわからなかったそうだ。

「サプリメントには男性用と女性用で二種類あるの。女性用がエストロンFで、男性用がテストロンMというみたい」

「お母さんはそれを飲んでいるんですか」

「一日二回、飲んでいるみたい。体調はいいと言っているけど、怪しげなサプリメントで心配なのよ」

　とにかくこのままにはしておけない。それで早急に宇月に相談することにした。

2

「エストロンという名前からすると、エストロゲンをイメージしたサプリメントのようですね」

　サプリメントのボトルを写した写真を見ながら宇月はつぶやいた。

「エストロゲンは女性ホルモンで女性らしい体を作り、自律神経の働きを安定させるなどの働きを担っています。年齢とともに分泌量が変化し、分泌量が減少すると体の不調として現れることがあって、それがいわゆる更年期障害です」

「このサプリメントは更年期障害に効果があるってことですか」

「それはどうでしょう。前にも言いましたがサプリメントは食品です。病院に行けば保険適用内でホルモン療法を受けられますし、こんな高額なサプリメントを購入することに意味があるとは思えませんが」

マルチ商法の謳(うた)い文句に騙されたということか。

「人はモノを買うとき、何を買うかよりも誰から買うかを重要視すると言いますからね。あとは天然由来という言葉が曲者(くせもの)です。天然由来の成分を摂れば健康を保てる、というイメージがなぜか世間には蔓延(まんえん)しています。でもそれは大きな間違いです。天然由来にこだわるあまり、大事なことを見落とせば、逆に健康を害する恐れだってあると思います」

ロビーのソファに腰かけて宇月は深く息を吐いた。前に会ったときより顔色が悪い。体調が悪そうでどこか口ぶりも重かった。

「具合が悪いなら、日をあらためましょうか」

落合さんは恐縮したが、宇月はかぶりをふった。

「いえ。大丈夫です。こういった問題はとにかく早めに対応した方がいいですし」

「でも、体調が悪いのでは？」

「天気が崩れると、手や足の関節が痛むことがあるんです。話をするだけなら支障はありません。僕の体調を気にしてくれるなら、どうぞすみやかに話を進めてください」

たしかに朝からぐずぐずした天気で、雨が降ったりやんだりしていた。

「わかりました。母が加入したのはこの団体です」

落合さんは小冊子を宇月に渡した。母親が持っていたものをこっそり持ってきたそうだ。

宇月はページをめくって、サプリメントを紹介した箇所をじっと見た。

「なるほど。含有された成分が記載してありますね。大豆イソフラボン、エクオール、プラセンタ、コラーゲン、ローヤルゼリー。女性が好みそうな成分を手当たり次第に詰め込んだ感じですね。あとは甘草エキスに桂皮エキス、桃仁エキス……これは漢方薬を意識した配合かな。あと、これは……」

宇月は小冊子に顔を近づけ鼻の付け根にしわを寄せて、黙り込む。

「どうかしましたか」

「いえ……あまり体にはよくない成分も含まれているようですね」

「本当ですか。じゃあ、やっぱりすぐにやめた方がいいですよね」

「やめられますか？」と宇月は訊いた。

「……簡単にはいかないと思います」落合さんは顔をしかめて黙り込む。

「話を聞いた限りではマルチ商法のようにも思えるんですが」爽太は訊いてみた。

「たしかにその可能性が高そうですね」宇月が頷いた。

「それなら警察に行けば相談に乗ってもらえるんでしょうか」

「それは難しいです。マルチ商法は違法ではなく合法ですから」

宇月の言葉に落合さんは眉をひそめる。

「そうなんですか。違法だって聞いたことがある気がしますけど」

「違法なのはねずみ講です。無限連鎖防止法という法律で禁止されています。マルチ商法は連鎖販売取引と呼ばれて、それ自体は法律違反にはなりません」

「どこが違うんですか」落合さんが不満そうに言う。

「商品の実体があるかどうかがポイントです。ねずみ講は会員を集めて、金銭のやり取りだけをする行為です。実体のある商品の売買を行うなら、それはねずみ講ではなくマルチ商法になります」

「じゃあ、警察に言ってもダメということですか」落合さんは肩を落とす。

「逆の見方もできますよ。商行為として認められていればクーリングオフができます。契約書面や商品の受領日から二十日以内という条件がありますが、まともな会社なら受けつけてくれるはずです」

喋りながら宇月は顔をしかめて、体の位置を少しずらした。軽く曲げていた左脚を伸ばして、両手でそっと揉みしだく。

「大丈夫ですか」と爽太は声をかけた。痛みがあるのか辛そうだ。

「たいしたことはないですよ。それでお母さんはどうですか。説得すれば、クーリングオフをすると思いますか」

「難しいです。勧誘相手とも頻繁に連絡を取っているようで、一緒に頑張って会員を増やそうと尻を叩かれているみたいです」

「勧誘相手は知っている人ですか」

「名前は聞いたことがあります。保険の勧誘をしている川内（かわうち）という女性で、近所の整骨院で知り合ったそうです」

　マンションを三軒、外車を二台持っているという話を初対面でしてきたそうで、自慢話ばかりする人なのよ、と母親が言っていたのを覚えているそうだ。

　それがいつのまにか、紹介されたサプリメントを大量購入するまでの間柄になっていたのだ。

「気がつかないうちにそうなっていたことが、なんだか不気味で怖いです」

「接骨院で知り合ったというのがポイントですね。体に不調がある女性を狙っていたのかもしれません。今のままでは退会させることは難しいでしょう。まずはその相手から引きはがす必要がありそうです」

「宇月さん、こういうことにくわしいんですか」

マルチ商法の被害に遭っている話を聞いても、戸惑うことなく話を進める宇月に爽太は意外なものを感じた。

「似たような案件で困っている人を前に助けたことがあります。現代医学もすべての患者を治せるわけではないですからね。自然食品や健康食品を装ったインチキ商品に引っ掛からないよう、患者さんに注意喚起することも、広義では薬剤師の役目だと僕は考えているんです」

それはさすがに薬剤師の仕事とはかけ離れているだろう。しかしその考え方には毒島さんとも通じるところがあるようだ。駆け出しの頃にお世話になった人だと毒島さんは言っていたから、もしかしたら宇月の考えに影響を受けたのかもしれない、と爽太は考えた。

「母を翻意させる方法がありますか」

「そうですね。……簡単にはいかないですが、なんとかしたいですね。落合さんに協力してもらうことが前提ですが、こういう方法はどうでしょう」

宇月はある提案をした。宇月が川内という女性と直接対決するというのだ。落合さんが心配そうな顔をする。

「それは宇月さんが危険ではないですか」

「僕は大丈夫ですよ。ただ協力者があと二人はほしいですね。一人は花織ちゃんに頼むとして、もう一人は……」

　顎に手をやりながら、宇月はちらっと爽太の顔を見た。

「――頼めますか」

「僕ですか」面食らいながらも爽太は答えた。

「何をすればいいんですか」

「恋人役をしてもらおうかと考えています」

　恋人役と聞いて、頭に血がのぼる。

「二人で恋人を装って、会員希望者として川内とお母さんに会ってほしいんです。二人が勧誘されているところに僕たちが行きます。偶然居合わせた風を装って、それで川内という女性からお母さんを引き離すように説得します」

　宇月は落合さんと爽太を順に見た。

「はあ、なるほど」

　宇月の話はあまり頭に入らなかった。恋人役という言葉だけが耳に残っている。演じると言われても、うまくできるだろうかと不安になる。

「毒島さんと僕でそういう風に見えるでしょうか」

　宇月は、うん？　という顔をして、「いや、そうではなくて」と少し困ったように口にした。

その言い方で爽太は自分の勘違いに気がついた。てっきり毒島さんの恋人役を演じるのだと思い込んでいた。話をちゃんと聞いていれば、そうではないことがわかったはずだ。

「花織ちゃんには僕のアシスタント役になってもらうつもりです。君たち二人が恋人同士を装って、お母さんたちに会いに行くんです。落合さんがお母さんの話を聞いて恋人に相談したところ、逆に恋人がそのサプリメントに興味をもった。お母さんはまだ初心者なので、上の人を紹介してほしいと頼み込んだ――という設定です」

宇月があらためて説明をした。そういう段取りを組めば、お母さんと川内が同席することになると考えてのことだった。

「私はそれで構いませんが……」落合さんは宇月に頷いてから、

「ごめんね。私が相手で」と笑いをこらえるように爽太の顔を見た。

「とんでもないです。こちらこそ勘違いしてすみませんでした」

爽太は顔から火が出る思いで返事をした。

3

「それで受けたわけですか」

「……はい。まずかったですか」

宇月と落合さんと三人で話をした翌日の夜のことだった。

毒島さんからＳＮＳで話をしたいと連絡があって、その後に電話がかかってきた。宇月から計画の内容を聞いたとのことだった。

「まずいとかいうことはありません。宇月さんはこういうことが好きなんです。一緒に仕事をしていたときも、自ら患者さんの相談に前のめりになって、ああでもないこうでもないと、色んな案件に首を突っ込んでいました」

他人の相談に乗るのが趣味みたいなものです、と毒島さんは言った。

「趣味ですか」

「薬の話に加えて、人助けも趣味ですね。でも本人にすれば切実な事情もあるのでしょう。人助けをすることで、自分の失敗を穴埋めしようと思っているのかもしれません」

宇月の失敗とは何だろう。訊いてみたが、毒島さんは話をそらした。

「……宇月さんは、あれから自分が遭った事故の話をしましたか」

「していません」

「そうですか。では私の口からは言えません。機会があればご本人に訊いてみてください」

失敗とは事故に関係のあることなのか。毒島さんの口ぶりからして、やはり事情がありそうだ。興味はあったが、それ以上は訊くのをやめた。

「それで宇月さんの計画ですが……毒島さんは反対ですか」

「反対はしません。私はただ宇月さんのサポートをするだけですから。水尾さんの方が大変だと思います。新規入会希望で、話を聞く役割を担わされて――」

「僕は平気です。ただ話を聞いていればいいだけですから」

「説得されてその気にならないように注意してくださいね。木乃伊取り（みいら）が木乃伊になるということもありますから」

あらためて言われると不安になる。

「説得される前に、宇月さんと毒島さんが介入してくれると思っているのですが」

「そのつもりではいますが、こういうことは何が起こるかわかりませんから。でも宇月さんは信頼できるので、安心して落合さんの恋人役に集中してください」

自分が落合さんの恋人役を演じても、毒島さんに特に思うところはないらしい。爽太は少しだけがっかりした。

「それで今日電話をしたのは、落合さんにお願いしたいことがあるからです。お母さんがいつから体調が悪くなって、どこのクリニックに行ったのか。ホルモン療法をやめた後で、どんなサプリメントや健康食品、漢方薬、ＯＴＣ薬を飲んでいたのか。それをわかる範囲でいいので書き出すように言ってください。サプリメントや漢方薬の濫用で体調を崩すこともあります。前に聞いておけばよかったのですが、あのときはここまでのことになるとは思っていなかったので」

できれば時系列にまとめてほしいとお伝えください、と毒島さんは丁寧に言い添えた。

「わかりました。連絡しておきます」

爽太は頷いたが、その後で疑問が湧いた。

「でもそれは落合さんに直接言った方がいいのではないですか」

連絡先は知っているはずだった。何気なく口にした質問だが、毒島さんは少しだけ慌てたようだ。

「……そうですね。すいません。たしかにその方が早いですね」

「でもいいですよ。明日、仕事が一緒ですから言っておきます。返事は自分を介さず、直接毒島さんにするように言っておきますね」

「すいません。よろしくお願いします」

それで電話は切れたが、毒島さんの声は落ち着かないままだった。

もしかして自分と話をしたくて電話をしてきてくれたのだろうか。そんなことを考えて、爽太は慌てて打ち消した。

考えすぎだ。さすがにそんな都合のいいことはないだろう。

浮かれる自分をいましめるように、爽太は大きくかぶりをふった。

4

七月の最初の日曜日。

爽太と落合さんは新宿にあるシティホテルを訪れた。待ち合わせたのは、吹き抜けの天井からシャンデリアが吊り下がっているラウンジだった。

「娘さんとおつきあいさせてもらっている水尾です」

まずは落合さんのお母さんに頭をさげる。下手に嘘をつくと後で辻褄が合わなくなる恐れがあるので、交際しているという事実以外は、すべて本当のことを言うと決めておいた。落合さんとは同じ職場の同僚で、半年ほど前に交際をはじめたという設定だ。

落合さんのお母さんは初対面の挨拶もそこそこに、隣に座っている女性を紹介した。

「はじめまして。私たちの団体に興味をもっていただいたようで、とても嬉しく思っています」

女性は瀟洒な金の縁取りがあるパールホワイトの名刺を差し出した。

〈ボタニカルバンク　エリア長　川内静枝〉

静枝(しずえ)は、仕立てのいいサマージャケットを着た、ふくよかな体型の女性だった。年齢は六十代前半といったところか。化粧は濃い目で、耳から下がったイヤリングには大きな真珠が光っている。落合さんのお母さんは服装も化粧も控え目だった。両手を膝にのせて、置き物のようにかしこまって動かない。

静枝の口ぶりは滑らかだった。こういう場所での勧誘には慣れているようだ。いまだ梅雨明けしない天気の話からはじまり、ようやく落ち着きを見せた新型コロナウイルスの話にからめて、いまは自分の健康は自分で守らなければいけない時代であり、そのためには自然治癒力と自己免疫力を向上させる必要があるという話につなげた。

「セルフメディケーションという言葉は知っている？　軽度な不調は自らの手で手当てするということよ。日本には皆健康保険という素晴らしい制度があるけど、それに頼ってばかりいてはダメ。いつか制度が破綻するかもしれないわ。そうさせないためには自分の健康には自分で責任をもつ必要がある。これからの時代、本当に効果のあるサプリメントは絶対的な必需品になるはずよ」

静枝は小冊子を出してテーブルに広げた。前に落合さんから見せられたのと同じ物だ。視線で促されて、落合さんのお母さんが慌ててテーブルの飲み物を片付ける。

「これがボタニカルバンクのパンフレット。団体の成り立ちと理念が書かれてあるので、興味があったら読んでみてちょうだい」

静枝はページをめくってサプリメントの説明をはじめようとした。しかし話の流れを切るように落合さんが言葉をはさんだ。

「ひとつ質問してもいいですか」

「何かしら」静枝は鷹揚（おうよう）に微笑んだ。

「このサプリメントをインターネットで調べましたが、くわしいことは出てきませんでした。本当に効果があるなら、もっと宣伝をすればいいと思いますが、それをしないのは何故ですか」

落合さんは問いつめるように言ったが、静枝は慌てる素振りも見せなかった。

「それは当然の疑問ね。でもマーケティングというのはそんな簡単なものではないのよ。どんな素晴らしい製品でも、その事実が知られない限り買う人はいないわ。私たちがこの団体を立ち上げたのは去年だけど、まずは設備投資に資金をつぎ込んだために、広告宣伝にはお金が足りていないというのが実情よ」

「テレビやネットで広告を出せば、知名度は段違いにあがりますよね。本当にいいものなら、銀行でお金を借りても宣伝する価値はあると思います。どうしてそうしないのか、私にはその理由がわかりません」

二人でこの場に来るに当たっては、爽太がボタニカルバンクとそのサプリメントに強い興味を持っていることにした。お母さんを心配した落合さんが相談をもちかけたところ、それを聞いた爽太が逆に興味をもって、静枝の話を聞きたいと言い出したという設定だ。サプリメントを信じていない落合さんが静枝に疑問をぶつけて、爽太がそれをなだめるという役割を担うことになっている。

「あなたの考えは間違ってないわ。でも薬機法で、サプリメントと医薬品を混同するような広告をしてはいけないと決まっているの。どんなに素晴らしい効用があるサプリメントでも、○○病が治るとか、血圧がさがるとか、血糖値が改善するという効果や機能を広告に使うことはできないのね。体や心の疲れが取れる、抗アレルギー作用があるという表現はもちろん、一日三回食後に摂取するという記載も、医薬品だという誤解を招く危険があるからダメ。それに消費者の感想もNGよ。優良誤認につながるので、口コミや体験談も広告に使用できないと決められている。要は当たり障りのない表現しかできないってことなのよ」

そのへんは宇月に聞いた話と合致している。どうやら薬機法の規制でろくな広告が打てないから紹介販売をしている、という体を取っているようだ。

「効果を明示した宣伝はすべてダメ。どんなに素晴らしいサプリメントを開発しても、誰にも知られなければ、売れることもなくそのまま消えていく。それで日本国民がどれだけの損失を被っているか、あなたたちにわかるかしら。大きな声では言えないけれど、これは製薬会社と医療団体が組んで国に働きかけている陰謀なのよ。化学合成された薬を販売して自分たちの懐を潤すために、国とグルになって日本国民を陥れている。私たちはそんな連中の言いなりになりたくなくて、天然由来のサプリメントを個人販売しているの。あなたの言う通り、このやり方は非効率で手間も作業も大変よ。でも本当に身体にいいものを売るには、こうするしか手はないの。私たちだって好きでこんなことをしているわけじゃない。自分たちのことだけを考えるなら、仲間内だけでこれを使って、後は頬かむりをすればいいだけよ。そうしないのは未来を生きる子供のことを考えているから。私たちはこの世界をもっとより良いものにしたいと思っている。このサプリメントを世間に広めて、化学合成された薬を世界から一掃したいと願っているというのが本音なの」

静枝は冊子をめくって、カラー写真が見開きになったページを開いた。エストロンFと並んでテストロンMというサプリメントの写真が現れる。二つは対になっているようで、テストロンMのラベルにはボディビルダーのような体型の男性のイラストが描かれていた。

「このサプリメントには、人間の体内では作り出せない必須アミノ酸をはじめ、鉄、カルシウム、亜鉛、マグネシウムなどのミネラル、ビタミン、食物繊維などが含まれているの。そしてテストロンＭには男性ホルモン、エストロンＦには女性ホルモンと同様の働きをする成分も配合されている。そしてこれが最も重要なことだけど、配合された成分のすべてが植物から抽出した天然由来の成分なの。化学合成された薬とは違って、体に優しくて、副作用も少ないわ。だからこれは女性にも子供にもお年寄りにも重い病気を抱えた人にも、世界中のあらゆる人に優しいサプリメントであるわけよ」

静枝はパンフレットをめくって、成分表やマウスを使った実験の結果がグラフになっているページを開いた。そして天然由来の成分や、植物から抽出された成分という言葉を強調しながらサプリメントの素晴らしさを訴えた。

「主要な成分から添加物に至るまで、すべてが天然由来となっている。だからどれだけ飲んでも体に害は与えない。これを飲みさえすれば自然治癒力と自己免疫力が高まって、毎日を健康に過ごせることは間違いなしよ」

話しながら静枝がちらっと落合さんのお母さんを見た。しかし落合さんのお母さんはぼんやりしていて反応しない。

「――洋子(ようこ)さん」と静枝が低い声を出す。

落合さんのお母さんは弾かれたように膝のハンドバッグを取りあげた。中からサプリメントのボトルを取り出そうとして、しかし慌てたのか、ひとつを床に取り落とす。

「何やっているのよ、もう！」

静枝は舌打ちをしてから、「ごめんなさいね」と爽太たちに愛想笑いした。

「テストロンMとエストロンF。それぞれ五十錠入って一万五千円。高いと思うかもしれないけれど、朝晩二回飲むことで病気と無縁の生活を送れて、アンチエイジングと理想のボディメイクができるのよ。特にこのエストロンFはすべての女性の必需品。イソフラボンって聞いたことがあるかしら。大豆に含まれるポリフェノールで、体に取り込まれるとエストロゲンに似た働きをする成分なの。エストロンFには、そのイソフラボン以上の働きをする植物成分がたっぷりと含有されている。毎日摂取することで、出るところは出て、引っ込むところは引っ込む、理想的なボディメイクができるわけ。あなたたち、結婚も考えているんでしょう？　それなら妊活や出産後の体型維持、授乳、疲労回復にも素晴らしい効果をもたらすわ。そして年をとってからは更年期障害に効果を発揮する。これはすべての女性にとって本当にいいことしかないサプリメントなの。私も飲んでいるけれど、体調も万全で、年齢的な衰えを感じることもなくなった。洋子さんだってそう。これを飲んでからは更年期障害もすっかりよくなったと言っている」

そうよね、あなたもこれを飲んで体調がよくなったのよね、と静枝は笑いながら、落合さんのお母さんを見た。

「はい。そうです。すごく体調がよくなりました」

落合さんのお母さんは答えたが、どこか怯えたような口ぶりだった。

「どう？　あなたたちも飲んでみたいと思わない？」

静枝はにこやかに爽太たちに笑いかける。

「そうですね。すごく興味が湧きました。病院にも行かないで健康が手に入るなんて素晴らしいことだと思います」

「そうかな。私はそこまで必要性を感じないけど」

爽太は称賛の言葉を口にしたが、落合さんは冷めた口調で言い捨てた。

「若いときはみんなそう思うの。でも年を取るのはあっという間よ。十年後、二十年後にはあのときに飲みはじめてよかった、と思うときがきっと来るはずよ。それにこれは自分だけの問題じゃないのよ。自分には必要ないけど、高齢のご両親に飲ませたいと入会を決めた人だっているわけだから」

そこで静枝は声を少し低くして、

「それに入会すると特典だってあるわ。商品を友達や知り合いに販売すると二十％が手数料として手元に戻ってくるの。素晴らしい効果があるサプリメントを紹介したことで感謝されて、さらにお金が入ることで自分の懐が潤うっていうわけよ。その前に自身の健康にも効果があるから、それだけで三度美味しい思いができるわけ。ここだけの話だけど、会員の中には、ご自身の購入代金以上に手数料を稼いでいる人だっているのよ」

静枝はテーブルに身を乗り出して、さらに声を落とした。

「だからあなたたちにも、この製品を世に広めるお手伝いをしてほしいのよ。飲み続けている限り健康の不安はなくなるし、妊活だってする必要がない。それでいて紹介すればするほど入ってくるお金も増えていく。こんな素晴らしいサプリメントは他にはないわ」

ねえ、洋子さん、そうよねえ、と落合さんのお母さんに笑いかける。

「あなたは本当に幸せね。娘さんと将来の旦那さんがこうして揃って話を聞いてくれて、入会を考えてくれるなんて。お二人が揃って入会した暁には、家族三人、ばりばり稼いで大金持ちになれるわよ」

「とんでもありません。すべてこのサプリメントを紹介してくれた静枝さんのお陰です」落合さんのお母さんは強張(こわば)った声を出す。

ありがとうございます、と頭をさげる母親の姿を見て、落合さんは、はあ、と大きくため息をついた。

「それで、契約だけど――」

静枝が書類を出そうとしたときだった。

「ブラボー、素晴らしい！」

男が歩み寄ってきた。

「横で拝聴させていただきましたが、とても素晴らしいご意見で感動しました。我々にもぜひそのサプリメントを紹介願いたい――！」

スーツを着た背の高い男だ。薄いブラウンのサングラスをかけて、杖（つえ）をついている。

「突然に失礼します。私はこういう者です。後ろの席にいたのですが、話が聞こえて、つい興味を持ちました」

丁寧な仕草で名刺を取り出し、呆気（あっけ）に取られている静枝の前に置く。

〈全日本漢方薬研究センター　所長・神農本草（かんのもとくさ）〉

宇月の変装だった。名刺はネットで頼んだものだ。言葉遣いが妙で、言葉のアクセントが微妙に違うのは外国人を装っているせいなのか。

「天然由来の成分だけを使った薬という話に感心しました。もしかしたら漢方の生薬を使用していませんか。話を聞いて、私も試させてもらいたいと思いました。効果があれば全国にあるウチの販売所で取り扱いをさせてもらいたい。とても素晴らしい薬のようで期待しています」

静枝を煙に巻くように、宇月は一方的に捲し立てる。全国にあるウチの販売所とは一体なんのことなのか。しかし静枝は混乱してそこまで気がまわらないようだった。

「いえ、これは薬ではなくサプリメントですが」とかすれた声で返事をした。

「おお、そうでした。サプリメント、サプリメント。日本の法律はとても厳しい。薬は売れないが、サプリメントは売れる。それはもちろんわかっています」

「あの、今はこちらの方々と話しているので、ちょっと待ってもらえませんか」

静枝は作り笑いを宇月に向けた。怪しい男だと疑いつつも、降ってわいたような美味しい話をすぐに断ることができないのだろう。

「ああ。そうですね。失礼いたしました。それでは話が終わるまで待ちましょう」

手をあげて、「ここで待とうか」と声を出す。すると秘書然とした服装の毒島さんが後ろの席から現れた。ウェイトレスに合図をして、

「こちらと同席しますので、椅子を二脚お願いします」と当然のように要求した。

眼鏡はかけずに、長い髪は結んでピンでまとめている。目立たない色合いのスーツにヒールを履いている様子は、仕事中とはイメージが違って新鮮だ。

思わず見とれていると、落合さんに肘でつつかれた。慌てて前に向き直る。

しかし爽太以上に静枝は混乱していた。こんな風に見も知らない誰かが闖入してくるのは初めての経験なのだろう。爽太と落合さんを入会させることを優先するなら、

宇月たちは追い出すべきだった。しかしウチの販売所云々の話をされたために、無下にはできないと思っているようだ。冷静になれば、そんな美味しい話はないとわかるはずだが、宇月のペースに乗せられた静枝にそんな余裕はないらしい。

「失礼。それを見せていただけませんか」

ウェイトレスが用意した椅子に腰かけた宇月は、テーブルに置かれたサプリメントのボトルを指さした。

「あっ、それは……」

静枝が言うより早く、爽太は手を伸ばして二つを取り上げた。そしてテストロンMを宇月に手渡した。

「おお、ありがとう、ありがとう」

宇月は手にしたボトルを目の高さまで持ち上げて、「いやあ、字が小さくて見えないな」とつぶやいた。

「花織ちゃん、あれ取って」

毒島さんがバッグから虫眼鏡を出した。宇月はそれを使って熱心にラベルの文字を読みはじめた。

「すみませんが、説明に使うので返してもらえますか」

静枝が言いかけるのを、「いや、僕たちは大丈夫ですよ」と爽太は遮った。事前の打ち合わせで、宇月が現れたら、その行動を静枝に邪魔されないようにすると決めていた。

「それよりも代理販売のことをもっとくわしく教えてください」

何人に売ってもキックバックは二十％のままですか、もっと上がることはないですか、支払いはいつですか、銀行振込ですか、電子マネーや暗号通貨は使えますか、クーリングオフを要求されたときはどう対応すればいいですか、と次々に質問を並べ立てる。

静枝はあたふたしていた。想定外の出来事が起こって、どうするべきかうまく判断できていない。

「それは大事なものだから、一応こちらに返してください」

よほどサプリメントを取り戻したいようだ。

「こちらの方が取り扱ってくれれば、僕たちも売りやすくなると思います。だからもっとじっくり見てもらった方がいいですよ」

爽太は適当なことを言って静枝を遮った。その隙に落合さんはお母さんに話しかけている。

「こんなサプリメントを飲んで本当に体調がよくなったの？」「最近顔色が悪いわよ」「この人の手前遠慮しているんじゃないの」「心配しているんだから本当のことを言っ

てよ」と矢継ぎ早に問いつめている。

「ほう、これは――！」

虫眼鏡を覗き込んでいた宇月が目を見開いて、大きな声を出した。

「甘草エキス、薄荷エキス、桃仁エキスが配合されていますな。やはり漢方薬を参考にしているわけですか。他にはアセロラ、クロレラ、カテキン、マカ……。なるほど。すべて消費者に訴求力のある植物性が揃っている。うむ……クソニンジンまで使っているとはお目が高い。クソニンジンは中国名を青蒿と言い、かの『神農本草経』にも下品として収録されている生薬ですからな」

宇月は芝居がかった声で言って、「ときにあなたがた、神農本草経はご存知ですかな」と爽太と落合さんに問いかけた。

「いいえ。知りません」爽太はかぶりをふった。

「神農本草経とは、中医学の古典とされる医薬学書の名前です。『黄帝内経』『傷寒雑病論』と並べて三大古典と呼ばれることもあります。一年の日数と同じ三百六十五種類の植物・動物・鉱物が薬物として記載されていて、人体に作用する薬効の強さにより、上品・中品・下品の三つに分類されています。生薬や方剤の基礎理論は、ここに定められたとされているほどに重要な医薬学書というわけです」

宇月は一息に言い立てる。

「中国のさる女性科学者はそこからヒントを得て、アルテミシニンの抽出に成功したと言われています。アルテミシニンはマラリア治療薬の原料として有名ですが、いや、これはなかなか興味深いサプリメントです。失礼ですが、開発者は中医学に造詣の深い方ですかな。可能であれば、ぜひその方にお目にかかりたい」

「いえ、そこまでは、私にはちょっと……」静枝は狼狽えている。

「なるほどなるほど……そちらはどうかな」

宇月が伸ばした手に爽太はエストロンFを乗せてやる。

「こっちは女性向けですか。甘草や薄荷、桃仁のエキスは同じで、他にはイソフラボン、エクオール、プラセンタ、コラーゲン、ローヤルゼリー……おや、これは……」

宇月は虫眼鏡をさらに顔に近づけた。

「うーむ……いや、これはいただけませんな。これを使うのは危険です」

一転声が険しくなった。

「どういうことですか」

すかさず爽太が質問した。

「プエラリア・ミリフィカ……しかもこれだけの量を含むとは……」

宇月は眉間に深いしわを作り、サプリメントのボトルを静枝に突き出した。

「これはいかん。すぐに売るのをやめなさい。こんな物を流通させてはいけません。

あんたたちも買ってはダメだ。これを飲めばきっと健康被害が出るだろう」

よく通る高らかな声に、他の客が何事かとこぞって宇月に目を向ける。すぐに黒服にボウタイのマネージャーらしき男性が飛んできた。

「申し訳ございませんが、他のお客様の迷惑になりますのでお静かに願います」

かしこまって頭をさげる。

「いや、これは失礼。私としたことが——。気をつけますので何とぞご容赦願います」

宇月が堂々とした態度で頭をさげると、黒服のマネージャーは丁寧に礼を返して引きさがった。宇月は椅子の上で座り直すと、同席した全員を強い視線で見渡した。

「申し訳ないが前言を撤回しますぞ。これは実に危険なサプリメントですな。ウチでは扱えない。いや、それだけで終わりにはできません。おい、きみ、すぐにこの製品はダメだ、勧誘されても絶対に購入しないようにとウチの会員に連絡をまわしなさい」

「わかりました」毒島さんは頷いてから、

「そういうことであれば保健所や食品安全委員会にも報告をした方がいいと思いますが」

「うむ。たしかにその通りだ。すぐに手配してくれたまえ」

宇月と毒島さんの息の合ったやり取りに、静枝は声を荒らげて抗議した。

「何ですか！　営業妨害です。やめてください」

「いやいや、見逃せませんな。プエラリア・ミリフィカは危険です。バストアップとダイエットという女性の二大願望を同時に叶える夢のサプリメントとして一時喧伝されましたが、そのせいで健康被害を訴える女性が続出した。それを受けて厚労省や医師会が注意喚起の文書を出しています。その事実を知った上で、あなた方はこれを販売しているわけですか」

びしりと竹刀で打ち据えるような口調で宇月は言った。

「健康被害として、嘔吐、下痢、発疹、月経不順、不正出血などの症状が報告されています。中には月経が止まったり、ホルモンが増えて乳腺炎になったという報告もあるそうです。いやはや、なんとも痛ましい出来事だ。健康的な生活を送りたいがために服用したサプリメントで、逆に健康被害が生じるとは。獅子身中の虫、飼い犬に手を噛まれる、軒を貸して母屋を取られる——信じられない裏切り行為にしか思えませんぞ。到底見逃してはおけない行為です」

微妙にニュアンスが違う諺が並んでいるようだが、宇月の勢いに余計な口ははさめなかった。

「そもそもの話、あなた方はプエラリア・ミリフィカがどんな植物かわかったうえで、原材料として配合をしているのですかな」

そちらのあなた、あなたはどう考えるのか、と宇月は落合さんのお母さんを指さした。

「さっきからずっと黙っているが、あなたはこの件に関して、どんな意見をお持ちかな」

「……いえ、あの、それは」

落合さんのお母さんはしどろもどろだった。

「知らないで販売に携わっていたわけですか。では私が教えて進ぜましょう。プエラリア・ミリフィカとは、タイなどに分布するマメ科のクズと同属のつる性植物です。この植物の根には、女性ホルモン様の働きをするデオキシミロエストロールとミロエストロールという植物エストロゲンが含まれている。女性ホルモンと同様の働きをする成分としては、大豆に含まれるイソフラボンが有名ですが、このプエラリア・ミリフィカの植物エストロゲンは、大豆イソフラボンの約千倍から一万倍強いエストロゲン活性を持っているといわれています。みだりに摂取すればエストロゲンの過剰摂取となって健康被害が出る危険があり、諸外国では食品としての販売を禁じる措置がとられているという代物です」

そこで視線を静枝に向けると、

「あなた方の団体はこのサプリメントを製造するに当たって、安全性をどれほど担保しているのか、その見解をお聞かせ願いたい」と言った。

「なによ、いきなり変なことを言い出して」

言い返す静枝の顔は青ざめて、声はかすれていた。

「ウチの製品は安全な工場で作られているのよ。安全性は担保されているわ。問題なんかあるはずないわよ」

ねえ、そうでしょう、ウチの製品に問題なんかないわよねえ、と落合さんのお母さんに同意を求める。

「そ、そうですね。きっと平気です。問題なんかありません」

落合さんのお母さんも上ずった声で相槌を打った。何の根拠もないのだろうが、そう言わざるを得ないのだろう。

「ウチの製品は人工的に作られた化学物質ではなくて、天然由来の成分を使っているのよ。体に悪いことなんて絶対にないわ」

「天然由来成分が体にいい、人工的に作られた化学物質は体に悪いという考え方が、そもそも無根拠と言えますな。天然由来の植物から抽出される成分は環境や天候によって含有量が変化しますが、工業的に合成された成分は均一でバラツキがないのです。何をもって天然由来がいいとされるのか、それを説明できますかな」

「天然由来のものが体にいいのは当然でしょう。そんなことは当たり前すぎて理屈をいう気にもならないわ」

「それは現代医学どころか、中医学の歴史をも無視する暴論ですな。薬を使うに当たって、適切な量を考慮し、副作用や相互反応を考えるのは基本中の基本です。そこに現代医学、中医学、漢方医学の違いはありません。そもそもエストロゲンの長期摂取は子宮体がんのリスクが向上するという報告があります。医薬品であれば、医師や薬剤師がそのリスクを患者に告げて、体調を診断したうえで経過観察することもできるでしょう。だがこのサプリメントを使用するに当たって、一体誰がそれをするというのです。見たところ、そういった注意書きはないようですが、あなたはそれをどう考えておられるのか――」

宇月の容赦のない言葉の連続に、ついに静枝が耐え切れなくなった。

「うるさいわね！　余計なお世話よ。あんたに何がわかるのよ！」

愛想笑いはとっくに消えている。眉を逆立てて、こめかみに血管を浮かせながら、

「私たちの理念や思想がわからない人にはウチの製品は使ってもらわなくて結構よ。もういい、帰るわよ――」

テーブルに広げたパンフレットをまとめて、サプリメントのボトルをひったくるように取り戻す。

「今日はケチがついたからまたあらためて――。彼女から連絡させるから待っていて」

とってつけたように爽太たちに言って、落合さんのお母さんを振り返る。

「ほら、行くわよ。ぐすぐずしないで、さっさと片付けなさい！」

「は、はい」

落合さんのお母さんが慌てて立ち上がる。しかし膝をテーブルにぶつけて、水の入ったグラスをひっくり返した。あああ、とパニックになるお母さんに静枝が本気で怒り出す。

「馬鹿なの？　あんたは。何やっても本当にぐずね、もっとてきぱき動きなさいよ。一緒に仕事をしていて迷惑なのよ！　いい歳をした大人なんだから、もっとしっかりしなさいよ！」

「何よ。さっきからその態度は――！」

落合さんが言い返す。面前で母親を罵倒されてついに我慢できなくなったようだ。

「黙って聞いていれば偉そうに！　インチキなサプリメントを売りつけているくせにウチの母に指図をしないでよ！」

「うるさいわね。母親が母親なら、子供も子供ね。何の取り柄もないくせに、文句だけは一人前で！」

静枝は落合さんをにらむと、

「もういいわよ、嫌ならさっさとやめなさい」とお母さんに吐き捨てた。

「お客様――」

またも黒服のマネージャーが飛んできた。

「他のお客様のご迷惑になりますので、お話が長引くようなら、場所を替えていただけませんか」

「言われなくても出ていくわよ。じゃあね。落合さん、お元気で」

静枝は千円札を一枚、伝票の上に置いて席を立った。

「――ま、待ってください」

落合さんのお母さんがすがりつく。

「ここでやめたら払ったお金は戻ってきますか」

「虫のいいことを言うんじゃないわよ。自分の都合でやめるんだから、返金なんかしないわよ」

「それならやめません。私もサプリメントを売ります。元を取るまではやめません」

「お母さん――もう、やめて」落合さんが泣きそうな声を出す。

「お金なんかどうでもいいじゃない。こんな女に媚びへつらうのは、もうやめてよ」

「家族を取るの？　私たちを取るの？　どっちにするか早く決めなさい」

静枝はハンドバッグを持って立ち上がる。

「行きます」落合さんのお母さんは顔を強張らせて頷いた。

「じゃあ、早くしなさいよ」

静枝は千円札をもう一枚、テーブルに投げた。そのまま二人でラウンジを出ていこうとする。

「もう！　お母さん――！」

落合さんが後を追いかける。店を出ていく三人を見て、爽太と毒島さんも立ち上がる。

「支払いはしておく。だから頼む」

腰を浮かせかけた宇月が顔をしかめて毒島さんを見た。天気のせいか、また体の具合が悪いようだ。

「わかりました。行きましょう」

爽太は毒島さんと一緒に落合さんを追いかけた。

三人はロビーにいた。正面玄関から出て行こうとする母親を落合さんが止めている。

「待ってよ。行かないで」

「離しなさい。彼女は自分の意思でこっちに来たのよ」

「自分の意思じゃないわ。騙されているのよ」

「騙してなんかないわよ。あんたたちもあんな男の言うことを真に受けないで、私たちのことを信じたらどうなの。このサプリメントを売れば金持ちになれるのよ」

「やっぱり金儲(かねもう)けが目的なのね。ふざけないでよ。人の母親を惑わせて――」

「――待ってください」

そこに毒島さんが割り込んだ。

「それでいいんですか。後悔しますよ」

静枝には目もくれず、落合さんのお母さんに言葉をかける。

「何よ、あんたは。どこの馬の骨か知らないけれど、余計な口をはさむんじゃないわよ」

静枝は乱暴に吐き捨てる。しかし毒島さんは動じることなく、

「私は薬剤師です。そちらの女性に伝えたいことがあって声をかけています」

憤慨する静枝を無視して、毒島さんは落合さんのお母さんをまっすぐに見た。

「正直に言います。私は神楽坂にあるどうめき薬局に勤める薬剤師です。娘さんからあなたの健康について相談を受けていました。病院で更年期障害と診断を受けたが、ホルモン療法を途中でやめてしまって、その後はサプリメントや健康食品、漢方薬を試しているとのことでしたよね。その時期や内容について、娘さんからこうして内容をまとめてもらいました」

毒島さんはスーツのポケットから紙片を取り出した。落合さんが毒島さんにメールで送ったものらしい。

「これを見て思ったのは、ホルモン療法をやめた後に摂取したサプリメントや健康食

品がとにかく多すぎるということです。イソフラボン、プラセンタ、葉酸、エクオール、マルチビタミン、コラーゲン、高麗人参（こうらいにんじん）、ローヤルゼリー。単体で使うならいいですが、すべてを同時に服用することには問題があります。それに加えて漢方薬も使っていたようですね。それはあまりに無謀です。お酒だとしたら肝臓への負担が心配になるレベルです」

「どうしてそこに酒が出てくるのよ。ウチのサプリメントにはアルコールなんて入っていないわよ。誹謗（ひぼう）中傷もいい加減にしなさいよ」

静枝が怒鳴ったが、毒島さんは目もくれない。

「お酒は、体内に入ると肝臓で代謝された後に排出されます。サプリメントや薬に含まれている化学成分も、同様に肝臓で代謝されて分解、排出されます。その過程は人工的に合成された成分でも、天然由来の成分であっても変わりません。サプリメントや薬を毎日のように摂取していれば、肝臓の負担が増加して、肝機能の低下や肝障害のリスクがあがります。お見受けしたところ、体調が悪そうですが、体の具合はいかがですか。今日は家に帰って休むことをお奨めします。そして明日は病院に行って、血液検査をしてください。肝機能障害ならばＡＳＴやＡＬＴ、γ－ＧＴＰに異常があるはずです」

「わ、私は大丈夫です」

「失礼ですが、お顔を拝見していて、白目の部分が黄色く見えます」

毒島さんの言葉に、落合さんのお母さんは慌てて顔をそむけた。

「肝臓の機能が低下すると、ビリルビンという色素が代謝できずに血中に増加して、黄疸（おうだん）という症状が出ます。他に倦怠（けんたい）感、発熱、発疹、吐き気、かゆみなどの症状を引き起こすこともありますが、そういう状態に心当たりはないですか」

「いい加減なこと言わないで！　彼女は健康よ。エストロンFを毎日飲んでいるんだもの。具合が悪いはずがないじゃない」

静枝は顔を赤くして声を張りあげる。

「それより相談を受けていたってどういうことよ。さてはあんたたち全員がグルだったのね。あの男と組んで、私を騙して、この女を抜けさせようって魂胆ね」

静枝は爽太と落合さんに目を向けてから、

「あんた、どうするのよ。お優しいご家族がこんなにも心配しているわよ」と落合さんのお母さんに言い放つ。

「いいわよ。好きにしても。でもあなたは私たちの理念に共感してくれたのよね。現代医学なんて不正と汚濁にまみれた泥沼で、製薬会社も医療団体もみんな金儲けのことしか考えていないクズばかりだという考えに。そちらの薬剤師さんもそのお仲間ね。自分の仕事を失いたくないから、必死に現代医学を擁護する。そちらの世界に未練があるなら戻ればいいわ。それで前みたいに一人で苦しめばいいのよ」

　静枝は言い捨てて、歩き出そうとする。

「待ってください、静枝さん」と落合さんのお母さんが取りすがる。

「ついて行くのはおやめなさい」

　背後から声がした。宇月だった。支払いを終えて、歩いて来たようだ。足が痛いのか、辛そうだ。毒島さんが寄り添おうと歩み寄るが、宇月は手をあげて遮った。

「川内さんと言いましたよね。幼稚な陰謀論で他人をたぶらかすことはやめなさい。現代医学の価値と本質は平準化と再現性にあるんです。検査した数値の結果は誰の目にも明らかで、ベテランの名医でも、駆け出しの研修医でも、あるいは一般人でも、容易に異常を読み取れます。医療従事者の教育もシステマティックに行われます。患者は自分がかかっているのがどんな病気かを知ることができて、同じ水準の診療をいつでも受けることができる。そういったことが当たり前のように行われているから、我々は健康に対する不安を必要以上に抱え込まずに生活することができるんです。現代医学はすべての病気を治療できるものではありません。しかし現代医学のシステムがあまねく広がったお陰で、我々はこうして安全な生活を享受していられるのです」

　宇月は毅然(きぜん)とした声を出す。

「僕は昔、ある事故に遭いました。その後遺症で体の一部にこうして不自由を抱えています。現代医学では完治は不可能だとも言われましたが、それについて現代医学に文句を言おうとは思いません。現代医学の発展があるからこそ、事故に遭ってもこうして生きていられるからです。あなた方は現代医学を軽んじるような意見を簡単に口にしますが、そうやって大過なく過ごせているのも、生まれた直後から現代医学の恩恵を受けてきたお陰ですよ。それなのに、ちょっとしたことで怒り出し、筋違いの罵詈雑言（ばりぞうごん）を現代医学に投げつけるのはあまりにも身勝手だと思います」

　まあ、本気で思っているわけではなく、マルチ商法に引き込むための方便として、そんな幼稚な理論を展開しているのかもしれませんが、と宇月は肩をすくめた。

「それでもそちら側に行くと言うなら、どうぞご自由にとしか言えませんが、ただこれだけは言えます。このサプリメントを飲み続ける限り、あなたの体の不調は改善しませんよ。プエラリア・ミリフィカに含まれた成分のせいで一時的によくなるかもしれませんが、長続きすることはないでしょう」

　宇月の言葉が終わらないうちに、静枝はさっさと歩き出す。正面玄関の前の大きなガラス扉の前で足を止めて振り返る。眉毛が吊り上がって、鬼のような表情になっている。

「どうするの？　来るの、来ないの？」

「……すみません。体がちょっと辛くて」

落合さんのお母さんは絞り出すような声で言った。

「だらしないわね。そんなことだから何をやってもうまくいかないのよ。あなたは最初からそうだったわよね。辛いとか痛いとかってネガティブな言葉ばかり。『病は気から』っていうでしょう。気持ちで負けているから病気になるのよ」

静枝の罵倒に、すかさず宇月が言葉を返した。

「川内さんと言いましたっけ。それはあまりに恥ずかしい間違いですよ。『病は気から』の〈気〉とは気持ちではなく、漢方医学の〈気〉のことです。気とは体の経絡をめぐるもので、生命活動を維持するエネルギーを意味します。『病は気から』という諺は、気の巡りが悪くなるから病気になる、という漢方医学の考えに基づいたものです。気持ちで負けたら病気になる――そんな間抜けな精神論では断じてありません。そもそも気持ちで負けたから病気になるのであれば、セルフメディケーションも自然治癒力も自己免疫力も無意味じゃないですか。それともあなた方は〈気持ちで負けなくなるサプリメント〉も販売しているのですか」

静枝が宇月をにらみつける。

落合さんが、肩を落としているお母さんに歩み寄る。だらりと下がった手を取って、「お金のことはもういいわよ。家に帰って休もう」と語りかけた。

「ふん――好きにしなさいよ。あんたたち全員、病気になって苦しめばいいのよ！」

静枝が冷たい口調で言い捨てる。

「僕はあなたも心配ですよ。そのままサプリメントを飲み続ければ、あなたも体調を崩すことになります。それともあなたは飲んでいないのでしょうか——?」

宇月の言葉に、静枝は般若(はんにゃ)のような笑みを浮かべた。

「余計なお世話よ」とだけ吐き捨てると、振り返ることなくホテルを出て行った。

5

薬剤性肝障害。

病院で検査を受けた落合さんのお母さんはそう診断を下されたそうだった。

幸いにも重症化はしていなかったので、サプリメントの服用を中止することで回復に向かっているとのことだった。

「ホテルから連れ帰ったときはこの世の終わりのような顔をしていたくせに、今ではすっかり立ち直って、どうしてあんな女の言うことを真に受けたのか自分でもわからないって不思議そうにしています。現代医学は信用できない、病院で処方される薬は毒だって、毎日のように繰り返し言われ続けて、いつの間にかそう思い込んでいたみたいです」

エストロンFを飲みはじめた直後は、一時的に体調はよくなったそうだ。しかしその後は効果がなくなって、最近では逆に悪化していたそうだ。しかし静枝の手前そうは言えなかった。それで買い込んであった漢方薬をこっそり飲んで、誤魔化していたらしいのだ。私の手伝いをすればお金持ちになれるわよ、という言葉を信じて抜け出せなくなっていたらしい。

今回のことを深く反省して、体調がもう少しよくなったらホルモン療法を再開するためにクリニックを再訪する、と決めたそうだった。

「そうか。そんなことがあったのか」

馬場さんがレモンサワーのグラスを傾けながら面白そうにつぶやいた。

「お母さんが無事で何よりだったが、それでまた毒島さんが活躍したというわけか」

「そうなんです。毒島さんのお陰で助かりました。母があのままサプリメントを飲み続けていたらどうなっていただろうと考えると、本気で怖くなります」

ラウンジの一件から十日ほどが経った金曜日の夜だった。居酒屋の〈赤城屋〉の小上がりに爽太たちはいた。飲みにいこう、と馬場さんに声をかけられて集まったのだ。

爽太と落合さん、くるみ、笠井さんというメンバーだ。

「でも、それ以上に宇月さんが活躍したんです。私と水尾くんがカップルのふりをして会いに行くのも宇月さんの発案で、あの川内って女をやり込めたときの口上は、聞いているだけで痺れるものがありました」

冷静な落合さんにしては珍しく、どこか浮かれるような口ぶりだった。

「たしかに宇月さんはいいですね。私もそう思います」くるみがすかさず口をはさんだ。

「いいって、どこが？」と馬場さんが訊く。

「気が利いて、優しいところです。頭痛のお守りをくれたり、健康相談に乗ってくれたりもするんです。この前は女性向けのビタミン飲料を差し入れてくれました」

「なるほどな。女性にマメということか。それで顔立ちも整っていれば、たしかに人気も出るわけだ」

馬場さんが頷くと、そういえば、とくるみが言った。

「馬場さんに生き方が似ているかもしれませんよ。ノマド的な働き方が好きだって言ってましたから」

馬場さんはこの道三十年のベテランホテルマンだ。全国各地のホテルを転々としながら今に至るということだ。一ヶ所に留(とど)まりたくないという考え方には、お互いに共通するものがあるのかもしれない。

「ところで宇月さんって恋人はいるんですかね」と落合さんはつぶやいた。

「恋人がいればそこで仕事を探しますよね。じゃあ、フリーの可能性が高いのかな。あっ、でもすでに東京に恋人がいるという可能性もありますか」くるみが答えた。

「彼は毒島さんの紹介でウチに泊まっているんだろう。二人の間には何もないのかな」

笠井さんがぽつりと言って、みなの視線が爽太に集まった。

「どうなの。水尾くん」

「何か聞いてますか。昔つきあっていたとか、そういうことは」

「いや……何もないと思いますが」

「思いますって何よ。はっきりしないわね」

「そうですよ。確認してください」

「しっかりしないと取られちゃうわよ」と落合さんが言った。

「私もそう思います。うかうかしていると痛い目にあいますよ」とくるみも同調する。

「というか、毒島さんがいるから東京に来たっていうこともあるんじゃないですか」

「たしかに傍で見る限りはお似合いにも見えますね」

落合さんとくるみが宇月の話で盛り上がる。

すると、ごほん、と咳払いが聞こえた。馬場さんだ。

「人前でおおっぴらに咳をするのは控えた方がいいですよ。収まったとはいえ、コロナの疑いをかけられるかもしれません」笠井さんが小声で注意する。

「ああ、そうかって、いや、違う。大事な話があるんだよ」

馬場さんは壁の時計に目をやった。もうすぐラストオーダーの時間だった。

「今日、みんなを集めたのは他でもない。大事な話があるんだ」とあらたまって口にする。

「馬場さんの大事な話って想像できないですが」

「もしかしてホテルをやめるんですか。定年はまだ先ですよね」

「もっといい仕事を見つけたとか」

「前にもそんなことは言ってましたよね。でもこの時世、そんないい話がありますか」

「もしかして騙されているとか」

「それはありますね。マルチ商法のこともありますし、ここは焦らずによく考えた方がいいですよ」

各自好き勝手なことを口にする。しかし馬場さんは反応せずに、天井を見上げて目を閉じていた。

「……」

何か言ったが声が小さくて聞こえない。

「……何ですか」

みな口を閉じて、耳を澄ます。

「実はだな――」

馬場さんは目をあけると、四人の顔をゆっくりと見渡した。そして唇をぺろりと舐(な)

めてから、

「婚約した。ついては九月に披露パーティーをするので、みんなに来てほしい」と厳かに口にした。

第三話

用法

秘密の花園

年　月　日

1

「うわあ、すごい」

リビングからウッドデッキに出て来たくるみが歓声をあげた。

眼前には緑一面の光景が広がっている。様々な濃淡の緑の草木に覆われたその庭は、さながら植物園のようだった。広さはテニスコートが数面作れるほどもあるだろう。生い茂る樹木が隣家との目隠しになって、そこに立つとどこかのリゾート地にいるような気分になってくる。ウッドデッキの前は花壇になっていて、芳香を漂わせる色とりどりの花が咲いていた。

「ピンクと赤の花はブーゲンビリアとハイビスカス、向こうの白と黄色の花は蘭ですね。種類まではわかりませんが、彩りも鮮やかで綺麗ですね」

ぼんやりと眺めていた爽太に、後から来たくるみが教えてくれた。

「そうだね。庭も家もすごく立派で、ここにいると気後れしちゃいそうだ」

爽太は振り返って、コンクリートの造りの重厚な家屋を仰ぎ見た。

ウッドデッキとつながったリビングは学校の教室ほどの広さがあって、高い天井からは大きなシャンデリアが吊り下がっている。中央には大きな革張りのソファセットが置かれて、そこでは馬場さんがプライベートな友人たちと談笑していた。その近くには毒島さんと落合さんがいる。煉瓦造りの暖炉の横で何かを熱心に話し込んでいる。

「本当に馬場さんはここで暮らすのかな」爽太は思わずつぶやいた。

「結婚すれば、当然そうなりますね」くるみは頷いた。

「落ち着かないな。遊びに来るにはいいけれど、ここで暮らすということがイメージできない」

「たしかに生活レベルが違いすぎますよね。本当に結婚して大丈夫なんでしょうか」

くるみは心配そうにリビングに目をやった。

「……噂をすれば、ですね。来ましたよ」

女性が馬場さんに近づき、肩越しに話しかけている。シンプルな白いブラウスと紺のロングスカートに身を包み、ダイヤモンドのペンダントを首から下げた小柄な女性――この豪邸の女主人にして、馬場さんの婚約者である桜井麻由美だった。

そのまま馬場さんの友人たちと談笑をはじめた。何を言っているかはわからないが、みな楽しそうに笑っている。

爽太たちは、麻由美の自宅でひらかれた婚約お披露目パーティーに来ていた。ホテル関係者は爽太とくるみ、落合さんと笠井さんの四人だった。他に馬場さんのプライベートな友達が六人いて、さらには毒島さんと宇月も招待されていた。もともとの招待客は爽太たちと友達だけだったが、気になることがあって、毒島さんと宇月を加えてもらうように爽太が馬場さんに頼み込んだのだ。

「いやあ、面白い庭ですね」

庭に通じる階段をあがってきた宇月が感嘆した声をあげた。

「シュロ、ソテツ、エニシダ、シキミにトウゴマ、キョウチクトウ。向こうにはコンフリーやウイキョウもありました。なんともバラエティに富んだ選定だと思います」

手には靴をさげている。わざわざ玄関から持ってきて、庭を見てまわっていたようだ。

「宇月さんはガーデニングがお好きなんですか」

くるみが好奇心にあふれる声で訊いた。

「宇月さんはガーデニングじゃなくて、漢方薬で使われる生薬に興味があるんじゃないのかな」

ボタニカルバンクとの一件が頭にあった爽太は言った。

しかし宇月は笑って、「ガーデニングや漢方薬の生薬に限らず、僕は植物全般に興味があります」と言った。

「他にもガジュマル、イケマ、リュウゼツランにモンステラがありました」

ウッドデッキから見える範囲の草木を指さしていく。

「あの文様のような葉をしているのはアロカシアです。葉縁と主脈が銀白色をしているのが特徴で、観葉植物としてとても人気がある品種です。サトイモ科の多年草ですが、葉、茎、根にシュウ酸カルシウムを含んでいるために食用には向きません。それで日本名をクワズイモというんです」

「あっ、それは知ってます。サトイモって生では食べられないんですよね。子供の頃、生で齧(かじ)ってひどい目にあったってお祖母ちゃんが言っていました。ヤマイモやナガイモと違って、サトイモやコンニャクイモは生で食べたら絶対にダメだって、子供の頃に何度も教えられました」

　くるみが言うと、宇月は正解というように首をふった。

「イモ類を食するときに加熱するのは常識です。生で食べると、シュウ酸カルシウムとデンプンが体に悪影響をもたらします」

「デンプンって食べたらいけないものなんですか」意外に思って爽太は訊いた。

「加熱すれば平気ですが、生では消化できません。生のデンプンは分子がすきまなく並んでいるので、デンプン分解酵素のアミラーゼが作用しないのです。生米を食べても消化できないのと同じ理屈です。ヤマイモやナガイモはアミラーゼというデンプン分解酵素を豊富に含んでいるので、千切りにしたり、すりおろすことでデンプンが分解されて、食用に向くわけです」

「サトイモを生で食べたときは口の中が針で刺されたみたいに痛くなって、すぐに吐き出したけどすぐには治らなかったってお祖母ちゃんは言ってました」

「シュウ酸カルシウムのせいですね。シュウ酸カルシウムは針状の結晶をしていて、触れると肌に刺さります。皮を剝くと手が痒くなるのもそれが原因です。加熱してアク抜きをすることでようやく食用に適した状態になるわけです」

「その日はもちろん、次の日も何も食べられなかったみたいです」

「そういうときは牛乳やマヨネーズ、サラダオイルなどを口にするといいそうですよ。含まれた油分が針状結晶を包み込んで楽になると聞きました」

観葉植物のポトスやカラーなどもシュウ酸カルシウムを含んでいるそうだ。小さい子供やペットが口にする事故もあるので、対処法として覚えておくといいかもしれない、と宇月は丁寧に教えてくれた。

「ウチにもポトスの鉢があります。お祖母ちゃんのことがあるので、気をつけるように母に言います。植物って見た目は綺麗ですが、毒のあるものも多いですよね」くるみはそう言いながら庭に目をやって、

「そういえば、あれにも毒があるんですよね」と淡いピンクの花を咲かせている低木を指さした。

「キョウチクトウですね」と宇月は頷いた。

「街路樹や公園などにもよく植えられていますが、花や茎、根や花、つまり全体に毒

があります。過去には枝をバーベキューの串代わりにした中毒事故も起きています」

「キョウチクトウにも毒があるんですか」爽太は思わず声を出した。

「ウチの高校の校歌に出てきますし、校庭にも植えてありましたけど」

「環境に強く、痩せた土地でもよく育つので、そういう意味ではいい植物と言えるんです。原爆投下後の広島で最初に花をつけたのがキョウチクトウで、だから市の花に選ばれてもいます。花も可憐で綺麗だし、イメージ的には校歌に出てくるのも頷けます。だけど昔から毒でたくさんの被害も出ています。紀元前四世紀にはマケドニアのアレキサンダー大王配下の軍で、キョウチクトウを串焼き肉の串とした部隊が全滅したことがあるそうです。ナポレオン配下のフランス軍でも同様のことがあり、西南戦争では兵士が箸代わりに使って中毒者を出したという話もあるようです」

　毒は燃やした煙にも含まれて、植えた土にも影響が残るそうだった。そんな植物がどうして日本全国に植えられているのか不思議な気もした。

「見ている分に危険はないですからね。常緑樹で環境に強く、綺麗な花をつける反面、食べられそうな実をつけることもない。樹液に触れるとかぶれることもありますが、命が危険にさらされるほどではない。利益と危険を天秤にかければ、利益の方が大きいということでしょう」

「キョウチクトウのことをよくご存知ね」

宇月の話の途中で、ふいに背後から女性の声がした。

「沖縄では、オキナワキョウチクトウという樹木の被害が少なくないそうよ」

桜井麻由美だった。

「マンゴーのような形状の、色はリンゴやサクランボに似ている実をつけて、それで観光客が被害を受けることもあるらしいわよ」

「落ちている実を拾った指で目に触れると腫れあがることがあるらしく、そのためにミフクラギ——目が腫れる木という和名がついたという話もあるようですね」

宇月がすかさず言葉を返すと、麻由美は興味をひかれたように目を見開いた。

「あなたもガーデニングがご趣味なのかしら」

「僕は見るのが専門です。仕事柄、植物全般に興味があるもので」

「どんなお仕事なのか、伺ってもよろしいかしら」

「薬剤師です。漢方の生薬の勉強をしていて興味を持ちました」

「あら、薬剤師さん——」

にこやかだった麻由美の顔が一瞬曇った。何かを言いかけたが、気を変えたように視線をくるみに移動する。

「あなたはどう？　楽しんでくれている」

「はい。素敵なお庭ですね。今も話していたところですが、広くて、日当たりがよくて、手入れもよくされていて。これって麻由美さんがガーデニングされたものですか」

くるみの無邪気な褒め言葉に、麻由美は嬉しそうに微笑んだ。

「もとは父が集めて植えたものなのよ。貿易商で、東南アジアに行くことが多かったから。父が亡くなって、私が後を引き継いだの。父が好きだった庭を荒らしてはいけないと、その一心で毎日手入れをしているわ」

麻由美は感慨深げな顔で庭を見やる。からりとした風が吹きつけ、庭木にとまったアブラゼミが大きな声で鳴き出した。七月の終わり。梅雨が明けて、夏の日射しが庭に降り注いでいる。

「そうそう。向こうにお食事の準備ができました。それを伝えに来たのに、私としたことがつい話し込んでしまって」

どうぞ中にお入りください、と麻由美は微笑んで歩き出そうとした。しかし宇月が押しとどめるように言葉を発した。

「あそこに温室があるようですが、お父さんゆかりの東南アジア原産の熱帯植物などがあるのですか」

宇月が見やる方向には、樹木の葉群の陰にアルミフレームにガラスをはめ込んだ小屋のようなものがある。この位置からだとよくわからないが、宇月は庭を歩いていて見つけたのだろう。

「……ええ、父が大事にしていた熱帯雨林原産の植物があちらにあります」

麻由美の声からは、さきほどまでの愛想のよさは消えている。

「拝見させていただくことはできますか」

「生憎ですが、いま植え替え中なので……。外から眺めることはできますが、ゲストの方にそれも失礼ですので、また次の機会にしてください」

次の機会と言われても、そんな機会があるとは思えない。つまりは体よく断られたということだ。なんとなくだが薬剤師と名乗ってからの麻由美の態度が冷たいようだった。

しかし宇月に気にする様子はない。

「わかりました。では次の機会にぜひ拝見させてください」

麻由美は立ち去ろうしたが、そこに馬場さんがやって来た。

「――どうもどうも、本日はわざわざお越しいただきありがとうございます」

馬場さんは愛想よくみなに頭をさげると、

「こちらは宇月さん。薬剤師にして、ウチのホテルの宿泊客。さっき紹介した毒島さんの知り合いだよ。君が席を外しているときにちょうど到着したんだ。庭を見せてもらってもいいかと訊かれたから、どうぞ、お好きなようにと答えておいた」と普段よりも気取った口調で麻由美に笑いかける。

上品な白いシャツを着て、黒い細身のパンツを穿いた馬場さんは普段よりも男ぶりがあがって見える。

「あら、そうだったの」と麻由美はかすかに眉をあげて返事をした。

「薬剤師のお知り合いがいるなんて、文明さんは顔が広いのね」

馬場さんの名前を麻由美は自然に口にしたが、その口調にはどこか皮肉めいたものがある。しかし馬場さんはそれには気づかないようで、

「それはこの水尾くんのお陰だよ。さっき君に紹介した毒島さんと、彼が知り合ったお陰で、我々にも縁ができたんだ。その結果、自分も他のホテルスタッフも様々なトラブルで助けられた。そのお礼も兼ねて、今日のパーティーに二人を呼んだんだ」

馬場さんはリビングを振り返る。視線の先にはプリーツが入った草色のワンピースを着た毒島さんがいた。バレッタでまとめた長い髪が、肩の上で広がっているのが新鮮だ。笠井さんを加えた三人でグラスを手に持ち談笑している。

二人を呼んだ本当の理由は別にあるが、それは馬場さんには説明していない。

「薬剤師なのに毒島という苗字は面白いわね。薬局に行ってあの人が出てきたら、ちょっとびっくりするかもしれないわ」

麻由美は手の甲を口元に当てて、ふふふと笑った。

「毒島という姓はトリカブトに由来しているんです。トリカブトが自生している地域

に多い姓で、トリカブトが古来附子と呼ばれていたことから来ているそうです」

　自然な口調で宇月が説明をはじめる。

「トリカブトの球根は、附子という漢方薬の生薬になるんです。補陽、温裏、止痛の効用があって、疼痛、麻痺、冷え、弛緩などの改善に用いられています」

「あら、そうなの。トリカブトは毒草だと思っていたけど違うのね」気のない口調で麻由美は言った。

「そう思われている方は多いですね。過去にトリカブトの毒を使った保険金殺人があったせいでしょうか。トリカブトに含まれている毒は、かつてアイヌ民族が矢毒に使ったほどに強力ですが、弱めると薬になるんです。そうやって古来から人はトリカブトを薬草として利用してきたわけです」

　保険金殺人という単語に爽太はどきりとしたが、麻由美も馬場さんも何の反応も見せなかった。

「つまりトリカブトは毒にも薬にもなるというわけね。あの女性はどちらかしら、毒それとも薬？」

　麻由美が馬場さんに笑いかける。

「それはもちろん薬だよ。ホテルスタッフはなんらかの形で、みんな彼女に助けてもらっている」

「ああ、そうか。文明さんの糖尿病もたしか彼女のお陰でわかったのね」

「うん、まあ、それもあるかな」

「でも糖尿病って名前が嫌ね。病名に品がないのが気に障るわ」

麻由美はそんなことを言い出した。

「血液中の過剰なブドウ糖が尿に混じって体外に排泄（はいせつ）される病気であることが名前の由来ですね」

宇月は律儀に答えたが、

「もちろんそれは知っているわ。嫌なのは名前の響きよ。尿に糖が混じっているから糖尿病だなんて、何のひねりもない安易な命名だと思うのよ。いつの時代につけられた名前か知らないけれど、こんな時代なんだからもうちょっと気の利いた名前に変えてほしいと私は思うわ」と麻由美は口にする。

「言われてみるとたしかにそうだな。風が吹いても痛いから痛風だとか、病気の命名はいい加減だよな」と馬場さんが同調した。

「痛風ならまだいいわ。糖尿病は尿という字が入ったところがとにかく嫌ね。なんだか間抜けな名前じゃない。破傷風だとか、赤痢だとか、狂犬病だとか、もっと恐ろしげで切羽詰まった名前にすればいいのよ。そうすれば——」

そこまで言って、麻由美ははっとしたように口で手を押さえた。

「あら、ごめんなさい。変な話をしてしまって。どうぞ、向こうでお食事をなさってくださいな」

とってつけたようなにこやかな顔で麻由美はリビングを指さした。そのまま馬場さんと連れ立ってリビングに戻って行く。

「なかなかユニークなパーソナリティーの持ち主のようですね」宇月は爽太を見て苦笑した。麻由美のことを言っているのだろう。

「では僕たちも行きましょうか」

「はい。そうしましょう」くるみが答えた。

しかし歩き出した宇月の体が一瞬、揺れて、バランスを崩したように膝をつく。

「大丈夫ですか」

「平気ですよ。つまずいただけです」

しかし宇月はすぐには起き上がらない。ウッドデッキの床をじっと見ている。

「どうかしましたか」

「いえ……何かの跡がありますね」

視線の先に蛇行する細長い線の跡がある。かすれ方からして、最近ついたものではないようだ。轍(わだち)のようだが、誰か自転車にでも乗ったのだろうか。

「これが何か？」

「……なんでもないです。行きましょうか」

宇月は慎重に立ち上がると歩きはじめた。

2

婚約したと打ち明けられた直後の赤城屋で、婚約者とはマッチングアプリで知り合ったという話を聞かされた。

馬場さんは中高年向けの婚活用マッチングアプリを使って、糖尿病の治療中であることを打ち明けた上で、晩年を過ごすパートナーを探していたという。

お相手である桜井麻由美は過去に結婚歴のある四十代の女性で、趣味は読書とクラシック鑑賞、ガーデニング。何度か食事をしてから、両親はすでに他界しており、下北沢の百五十坪の自宅で一人暮らしをしていることがわかったそうだ。

「下北沢の百五十坪の自宅って、すごいお金持ちじゃないですか！」

それを聞いたくるみが叫ぶと、

「まあ、そうかもな」と馬場さんはとぼけた。

「ちょっと待ってください。もっとくわしく聞かせてくださいよ。その女性は仕事をされている方なんですか。もとからお金持ちなんですか。馬場さんはお宅には伺ったことがあるんですか」

「仕事はしてないみたいだな。家には行った。大きな家で、庭も広い。ＳＮＳに写真を載せているから、それでいいなら見せてやる」

馬場さんはスマートフォンを操作して、彼女のＳＮＳのアカウントを呼び出した。草木の写真が多かった。緑の葉を繁らせて、枝を伸ばす樹木や草木や、咲き乱れる色とりどりの花の写真が何十枚も投稿されている。

「広いですね。ウッドデッキもあるんですか」

「それだけじゃないぞ。ここに写っているのは温室だ」

「温室が庭にあるってすごいじゃないですか」

「温室の中の写真もあるぞ」と馬場さんが画面をタップする。

「……ほら、これだ」

ジャングルで撮ったような写真が並んでいる。

「もしかして……結婚したら、馬場さんもこの家に住むんですか」

「もしかしなくてもそうなるな」馬場さんは当たり前というように頷いた。

「それって逆玉ってやつじゃないですか」笠井さんがうらやましそうな声を出す。

「いや、そういうのとは違うぞ。経済状況に関わらず、お互い独立採算制とする約束をしているからな」

婚約に当たっては、お互いの資産や収入には立ち入らず、生活費は折半すると決めたらしい。麻由美は父親の遺産を投資にまわして、その収益で生活しているそうだ。

「お金がお金を生む生活ですか。それは本気でうらやましいな」笠井さんがため息をつく。

「でもそんな女性がどうして馬場さんを選んだんですか」

爽太が根本的な疑問を口にすると、くるみがすかさず同意した。

「それは私も思いました。おかしいですよ。なんか裏があるんじゃないですか」

くるみは疑いの目を向ける。

「馬場さん、もしかして嘘のプロフィールを載せて、相手の女性を騙したってことはないですか」

「俺は結婚詐欺師じゃないんだぞ。嘘のプロフィールで婚約にこぎつけるなんてことができるかよ。嘘なんか一言も言ってない。糖尿病のことも正直に打ち明けた。だいたい嘘で固めて婚約したなら、お前たちをホームパーティーに誘うはずがないだろう」

そう言われるとたしかにそうだ。

「彼女は馬場さんのどこが気に入ったんですか」

くるみは容赦なく問い詰める。

「それはパーティーに来て、彼女に直接訊いてくれよ。一緒にいて緊張しないし、話をしていて楽しいとは言ってくれている」

「それは納得できます……というか、それ以外の理由が思いつきません。でもそれだけで結婚しようと思いますかね」くるみが口を尖らせる。

「逆に騙されている可能性はないですか。お宅に行ったというお話ですが、それって本当にその女性の家ですか」

落合さんが疑問を呈した。他人の家を自分の物だと偽っている可能性があると言いたいようだ。

「SNSだって、他人のアカウントを自分の物だと偽っている可能性がありますし」

「嘆かわしいなあ、俺の可愛い後輩たちは。俺がそこまで間抜けだと思っているのかよ。結婚前提のおつきあいをしているんだぞ。そんな嘘に騙されるわけがないだろう。仕方ない。とっておきの一枚を見せてやる」

馬場さんはもったいぶって、スマートフォンを操作した。ディスプレイに自撮り画像が現れた。

枝葉を広げた庭木の前で、寄り添う二人の男女が写っている。馬場さんはポロシャツに膝丈のパンツというラフな格好だ。髪を肩まで伸ばした女性は、麻のワンピースを着て、薄茶色のサングラスをかけている。四十代と聞いたが、見かけはもっと若そうだ。

「いや、これはおかしいですよ」スマートフォンを覗き込んだ笠井さんが憤懣やる方ないという口調で文句を言った。

「こんなお金持ちの美人が、どうして還暦間近の髪の薄いおっさんと結婚しようって思うんですか。どうやって口説いたんですか」

「口説いたって言い方は無粋だな。同じ時間を共有する中で、お互いに相手を大事な存在だと認識して、その結果として婚約に至ったと思ってくれないか」馬場さんは気取った言い方をして悦に入る。

「そんな熟年男女のメロドラマみたいな話は信じられませんよ。雀荘（じゃんそう）やパチンコ屋、場外馬券売場で出会ったというなら納得できますが」

　バツ二でギャンブルと酒が趣味の馬場さんに、笠井さんは遠慮がなかった。

「たしかに昔はそうだった。でも俺は変わったんだよ。雀荘もパチンコ屋も場外馬券売場も、最近はまったく行ってない。再検査で医者に、このままなら健康を害すると言われてからは、酒も控えて、煙草もやめて、ヘルシーな宅配食を頼んだりして、血糖値のコントロールにも気を使ってきた。ここまで禁欲的な生活をするのはこの年になって初めてだ。いくつになっても人間はやり直せる。あきらめずに頑張っている人を神様は見捨てないんだよ。だからこの出会いは神様がくれたプレゼントだと思っている」

　これまでの馬場さんからは考えられない台詞だった。冗談で言っているのかと思ったが、顔を見ると本気のようだ。酔っているようでもないので、それだけ彼女との出会いに入れ込んでいるわけか。

「わかりました。そういうことなら応援します。頑張ってください」

これまでの懐疑的な口調をあらためて、くるみはうるうるした目を馬場さんに向けた。

「たしかに馬場さんは頑張っていました。これまでは休憩中にコンビニ弁当や菓子パンを食べていたのに、いまは低糖質・低カロリーのお弁当を持ってきて食べていますよね。あれだけ好きだった炭酸飲料を飲んでいる姿も見なくなりました。それだけ努力しているんだから、神様からのプレゼントを受け取る資格は十分にあると思います」

「おお、わかってくれたか、くるみちゃん。そうなんだ。俺はずっと頑張っていたんだよ」

二人は手を取りあわんばかりに喜びあう。

「それでお相手の女性はどんな方ですか。お金持ちで美人だということはわかりましたから、それ以外のことも教えてください」

落合さんに冷静に言われて、麻由美の人となりと出会いから婚約に至るまでの話を馬場さんは話した。

麻由美に兄弟姉妹はなく、ずっと両親と下北沢の自宅で暮らしてきたそうだ。

小学校から私立の女子校に進んで、エスカレーター式に大学まであがった後は、勤めに出たが、しばらくすると母親が癌を発症した。父親は貿易の仕事の関係で海外に行くことが多いため、麻由美が退職して介護と家事を担った。数年後に母親が死去すると、直後に今度は父親が体調を崩して闘病生活を送ることになった。病院は嫌だと言って、自宅での介護を選んだことで、麻由美がその面倒を見ることになった。

その父が亡くなったのが六年前。ようやく自分のことを省みられるようになって、三年前に結婚をしたが、不幸は続くもので、その男性は去年の春に事故死した。

「大学を卒業した後は、二十年近く家族の介護だけをしてきた女性なんだ。経済的な苦労こそしていないが、楽しい思い出もあまりないと言っている」

前夫を事故で亡くした後は、ずいぶん気持ちが落ち込んだそうだった。

「それはそうだよな。両親と夫、若い身空で三度も葬式を出している。自分と関わった人間は不幸になると悲観的になっていたらしい」

オールドミスとして、独り身を貫いて生きていこうと決めたそうだが、新型コロナウイルスの騒ぎで心情が変わった。週に何度か通ってくれた家政婦さんも仕事をやめて、数少ない友達とも会えなくなった。朝起きてから、誰とも会うことなく庭の手入れだけで一日が過ぎていく。そんな毎日が続くことに嫌気がさして、思い切ってマッチングアプリに登録をして、それで出会ったのが馬場さんというわけだった。

「あの、話の腰を折るようで申し訳ないですが、オールドミスってどういう意味ですか」くるみが不思議そうな顔をした。

「オールドミスというのは婚期を逃した独身女性のことだ。俺が子供の頃はよく耳にしたけど、今の若い人は知らないか」

「オールドミスというのは昭和の女性差別用語ですね。自分で自分のことをそう呼ぶのは、けっこう自虐的なことだと思いますが」

スマホでその単語を検索した落合さんが言うと、

「長いこと一人でいると嫌なことや暗いことばかり考えると言っていたな。自虐的なのはその影響だろう。そういうこともあって、いまは俺と一緒にいると楽しいそうだ」と馬場さんは肩をすくめた。

「最後はのろけですか。わかりました。おかしいと言ったのは撤回します。どうぞ、幸せになってください。いえ、彼女を幸せにしてあげてください」

笠井さんは気を取り直したように言うと、ビールのジョッキをもちあげた。そこであらためて馬場さんの婚約を祝って乾杯をした。

なんだか話がうますぎるとは思ったが、何かを疑うようなことはしなかった。おめでたい話だと思ったのだ。そのときは。

3

最初に疑念を口にしたのはくるみだった。

婚約披露パーティーを二週間後に控えた月曜日、たまたま休憩室で二人になったタイミングで、「馬場さんですが、様子がおかしいと思いませんか」と声をひそめて訊いてきた。

爽太に思い当たる節はない。

「変な水を飲んでいるみたいです」

アルコールと同じくらいに炭酸飲料が好きだった馬場さんは、これまでは休憩を取るたびに自動販売機で炭酸飲料を買っていた。しかし最近では休憩中に自動販売機を使わなくなった。水筒を持参しているからだ。血糖値を気にしてのことだろうと思ったが、水筒の中身を聞いて驚いた。南極の地下から掘り上げた深層地下水を入れている、という説明だった。デトックス効果に優れて、血糖値を下げる効果があると婚約者に奨められたらしいのだ。

「アメリカの会社が販売している製品で、直接取り寄せているらしいです」

婚約者はそれを魔法の水と呼んで、一日に2リットル以上飲むように馬場さんに言っているそうだ。

「それで食事や休憩中はもちろん、仕事の合間にもせっせとそれを飲んでいるらしいです」

落合さんのお母さんのことが思い浮かんだ。たしか一時期、同じような物を飲んでいたはずだ。もしかしてそれもマルチ商法の類いだろうか。

「その魔法の水を婚約者から買わされているってこと？」

そうであれば婚約自体が怪しいことになる。しかしくるみは首を横にふった。

「いいえ。お金は払ってないみたいです。婚約者が契約をして、商品だけが馬場さんのアパートに届くみたいです」

それなら純粋に馬場さんの健康を心配しての行動というわけか。

「よくよく話を聞くと、それ以外にも糖尿病に効くとされているサプリメントを渡されているようですね。飲んだ記録をすべてつけて、彼女に見せるように言われているとのことでした」

過保護な母親のような行動だ。やりすぎのようにも思えるが、過去に家族を三人も亡くしていることを思えば、仕方がないような気にもなった。

「サプリメントの飲みすぎは体に悪影響を与えるそうだけど、記録をつけているなら後で検証できるし、そこまで神経質になることもないのかな」

「でも南極の地下から掘り上げた深層地下水とか、どこまで信用できるかわかりませんよ。ネットで検索しても出てこないし、水尾さんだったら、飲めと言われて黙って飲みますか」

「たしかに躊躇するかもね」

「このまま黙って見ていていいんでしょうか。水尾さんはどう思いますか」

すぐには返事ができなかった。落合さんのお母さんのこともあるが、どこまで口を出していいことなのかわからない。

「その話をしたときの馬場さんの口ぶりが気になったんです。なんだか困っているような様子が見えて……。もしかしたら結婚を迷っているんじゃないですか。ほら、男の人って困ったことがあっても、他人に助けを求めようとしないじゃないですか。一人で抱え込んで、自分で何とかしようとやせ我慢する。ウチの弟もそうだったから、馬場さんも同じじゃないかと気になって。といってプライベートにずかずか踏み込むのも失礼なことなので」

一体どうすればいいでしょうか、とくるみに言われて、前に毒島さんから聞いた話を思い出した。

「馬場さんはその魔法の水を飲みながら、病院でもらっている薬も飲んでいるのかな」

「飲んでいますよ。それこそ魔法の水を使って飲んでいます」

「それならとりあえずは平気かな」

民間療法にはまった患者さんの最大のリスクは、標準治療を拒否するようになることだ、と毒島さんが以前言っていたことをくるみに話した。

「魔法の水にのめり込んで、処方された薬を飲まなくなったら危険だけど、そうでないならまだ大丈夫かなと思う」

「ああ、そういうことですか」くるみは安堵した顔になる。

「わかりました。毒島さんが言ったなら間違いないですね。それならこの話は忘れてください。私も誰にも言いませんから」

そのときの話はそれで終わった。しかし後になって不安が湧いてきた。

毒島さんの言葉を、意味を取り違えて解釈したかもしれないと気づいたのだ。

毒島さんが言いたかったのは、はまり込むと標準治療を拒否する危険があるから、民間療法にかかるときには注意が必要だ、ということではなかったか。もしそうなら早めに馬場さんに忠告する必要があるだろう。しかしおめでたい話に水を差すようなことはなるべくしたくない。さあ、どうしよう。

爽太は一人で思い悩んだ。


その数日後のことだった。夜勤明けで仕事を終えた爽太は、帰り道で宇月と会った。

「暑いですね。いまお帰りですか」

どんなときも宇月はにこにこして、言葉遣いも丁寧だ。

「はい。宇月さんは面接ですか」

ワイシャツを着てネクタイを締めた首元には汗が光っている。

「そうなんです。船橋(ふなばし)の方まで行ってきました」

ハンカチで汗を拭きながらも、宇月は快活な表情を崩さない。その様子に馬場さんのことを相談してみようかと思った。

「あの、話したいことがあるんですが、これから時間はありますか」

「いいですよ。暑いですし、どこかに入りましょうか」

風花に行こうかと思ったが、足の悪い宇月を歩かせるのは気が引けた。近くにあったチェーン店のカフェに入って、冷たい飲み物を注文した。

「就職先は決まりそうですか」

宇月が滞在してすでに一ヶ月近く経つ。

「それがまだなんですよ。なかなか希望に合うところが見つからなくて」

薬剤師の仕事は立っている時間が長い。宇月は足に麻痺を抱えているために、立ちっぱなしだと体がもたないらしいのだ。

「全国チェーンの大手薬局はそのへんの融通が利かないんです。これまでは地方の個人経営や小規模な薬局を渡り歩いてきたので便宜を図ってもらっていたのですが」

ホテルの仕事も立っている時間が長い。爽太は宇月に同情した。

「そうだ。どうめき薬局はどうですか。社長は話がわかる人みたいだし、毒島さん以外の他の薬剤師さんもいい人たちですよ」

「ああ、そういう手もありますね。でもまた花織ちゃんと一緒に仕事をするのはどうかなあ。水尾くんとしてはどうですか。僕がそこで仕事をしても気になりませんか？」

いきなり訊かれて答えにつまった。気にならないと言ったら嘘になる。しかしどうしてそれを自分に訊くのかがわからない。

「大丈夫です。気になりません」

とっさに強がった言葉が口をつく。

「そうですか。それなら花織ちゃんに訊いてみようかな」宇月はどこか申し訳なさそうにつぶやいた。

「ところで話とは何でしょう」

「馬場さんのことなんですが」

「ああ、聞きました。婚約して、婚約者のお宅でホームパーティーをされるそうですね」

フロントスタッフの誰かから耳にしたようだ。

「そうなんですが、実は変な話を耳にして……」

くるみの名前は出さずに聞いた話を宇月に伝えた。

「その魔法の水というのが、落合さんのお母さんも買っていた南極の地下の深層水らしいんです」

「ああ、なるほど」と宇月は苦笑して、

「あの後、僕も調べたのですが、南極の地下の深層水が体にいいというのには科学的根拠はないようですね。ハリウッドのセレブが愛用しているとか、新型コロナウイルス対策になるとか、血糖値を下げるとかの話がＳＮＳに流れていますが、アメリカで流行（はや）っているという事実さえもないようです。反ワクチン派の医師が、新型コロナウイルスの予防に役立つという話を動画配信して、それで一時的に人気が出ただけの代物です。おそらく婚約者の女性もその動画を見たのでしょう」

アイスコーヒーを飲みながら宇月は説明してくれた。

「ちなみにですが、馬場さんがどんな処方薬を飲んでいるかは聞いていますか」

「いいえ。そこまでは……。もし必要なら訊いてみますが」

「いや、そこまでの詮索は控えた方がいいでしょう」

「それなら何もしない方がいいということですか」

「基本的にはそれでいいと思います。落合さんのお母さんのことで神経質になっているのかもしれませんが、今回の話にそこまで不安は感じません。それとも他に気になることがありますか」

「そうですね。実は……」

くるみが気になったという部分を爽太は話した。

「みんなの手前、不安に思っていることを口に出せないんじゃないでしょうか。考えてみれば魔法の水のことも原木さんに言う必要はないですし、自分でも不本意に思っているから、あえてそれを口にしたということかとも考えました。SOSというと大げさですが、それは馬場さんなりの意思表示じゃないかと思うんです」

両親に加えて、前の旦那さんが亡くなっていることも気になった。母親は癌で亡くなったそうだが、父親の死因はわからない。そして前の夫は事故死しているのだ。

「それって何だか怪しくないですか」

「どうでしょうか」と宇月は首をかしげた。

「もしかして、その婚約者の女性が父親や前夫に何かしたということを想像しているわけですか」

「失礼だとは思いますが、婚約者の女性は働かないで、父親の遺産で生活をしているということですし、そういうこともあるのかなと」

うーん、と唸って宇月は腕組みをした。

「そういう考え方もできますが、今のところはただの想像に過ぎませんね。でも水尾くんが怪しいと思うのならもう少し一緒に考えてみましょうか。マルチ商法や霊感商法に関わっている可能性がないとは言い切れないわけですから」

宇月に問われて、爽太は馬場さんから聞いた話を繰り返した。

下北沢の百五十坪の一軒家に一人で暮らし、父親の遺産を投資にまわして生活には困らない。趣味はガーデニングとクラシック音楽鑑賞、読書。ＳＮＳのアカウントに家の写真を載せている。

爽太はスマートフォンを出して、ブックマークからそのアカウントを呼び出した。

「ほとんど庭の写真です。本人を写した写真は一枚もありません」と言いながら、スマートフォンを宇月に見せる。

「このＳＮＳで魔法の水を紹介していますか？」

「それらしい文章や画像はなかったです」

他のサプリメントや健康食品についても同様だった。

「贅沢（ぜいたく）な生活ぶりを自慢する文章や写真もないですか」

「ありません」

「だとするとマルチ商法や霊感商法の線は薄いですね」

投稿されている写真や文章はすべて庭の草木に関するものだった。室内で撮った写真も混じっていたが数は少ない。

「生活感がないですね。まるで映画のセットのようです」

室内の写真を見て宇月は感想を口にした。

「掃除好きだと馬場さんは言ってました。潔癖症なところもあって、台所はピカピカに磨いて、ゴミの分別も完璧にわけるとか」

「それにしては家と庭とでイメージが違いますね。ガーデニングが趣味という話ですが、写真を見る限りでは、まとまりがないというか、あまり見た目を気にしてはいない植え方のように見えますが」

「庭の草木に関しては、お父さんが集めて植えたものらしいです」

「そういうことですか。イヌサフラン、ジギタリス、トウゴマ、スイセン、シキミ、アジサイ、ダリア、カロライナジャスミン、キョウチクトウ……」

宇月はすらすらと草木の名前をあげていく。

「庭もそうですが、温室の中はもっとすごいです。アロカシア、コリウス、そしてこれはストロファンツスですか」

宇月はスマートフォンを爽太に見せた。中央が赤紫色に染まった小さな白い花が密集して咲いている写真だった。奇妙なのは、花びらの先端がひも状になって、一メートル以上の長さでだらりと垂れ下がっていることだ。別の植物に寄生されているようにも見えるが、宇月の説明によるとこれでひとつの植物ということだった。

「花が終わるとこんな実をつけるんです」

宇月はさらにスマートフォンをタップした。ハンガーのような形をしたブーメラン状のさやが枝からぶらさがっている。

「面白いですね。こんな植物が実際にあるんですか」

「熱帯アフリカ原産のつる性植物です。植物園でもない個人宅にこんなものがあるとは驚きです。さらに気になるのはこれなんですが――」

宇月は眉根を寄せてディスプレイをタップした。

「……まさかとは思うけど、でも、これは」と悩まし気な声を出す。

爽太はスマートフォンを覗き込んだ。小さな黄色い花をつけた植物が写っている。どこにでも生えていそうな変哲のないつる草だ。

「花の形からして、可能性が高いような気がするけれど」

「この草が何か」

「いえ、見間違いかもしれないし……この写真だけで判断するのは難しいようですね」

そう言いながら宇月はスマートフォンを爽太に返した。何のことだか爽太にはわからなかったが、宇月はそれ以上説明しようとはしなかった。

「婚約者の女性についてわかっていることはこれだけですか」

「はい」

「そうですか」宇月は天井を見上げた。

「ならば、これだけのことであらぬ疑いをかけるのは、いかにも乱暴なことだと思います。婚約者の女性に失礼なのではないですか」

「……そうですね」

爽太は俯いた。話をしている途中から、自分でも思いはじめていたことだった。

「すいません。たしかに考えすぎでした。こんなことを口にして、自分が恥ずかしい気持ちがします」

「わかってもらえればそれでいいです。人間一人で考えていると、思わぬ方向に思考が向いてしまうことがあります。誰にでもあることですから、それは気にしないでいいです。これはここだけの話にしておきましょう」

宇月は慰めるように言ってから、

「それで、今の話とは別にお願いしたいことがあるんですが」

「なんですか」

「このお宅で開かれるホームパーティーに僕も呼んでもらえるように、馬場さんに頼んでもらえませんか」

「それはたぶん大丈夫だと思いますが」

馬場さんは、仕事関係とプライベートの友人を十人ほど呼ぶと言っていた。一人増やすくらいなら何とかなるだろう。

「一人ではなく、花織ちゃんも呼んでほしいのですが」

爽太は困惑した。どうして毒島さんを呼ぶ理由があるのだろう。

「ホームパーティーに行きたい理由は、素晴らしい庭と温室を実際に見たくなったから。そういう風に言ってもらえますか」

どこか沈鬱な口調で宇月は言い足した。


宇月の申し出を馬場さんは二つ返事でオーケーしてくれた。

「実を言えば毒島さんを呼びたかったんだよ。でも変に声をかけても迷惑かなって思ってさ。そういうことならぜひ二人で来るように言ってくれよ」

「最近、体調はどうですか。血糖値の数値に問題はないですか」

「すこぶる元気だよ。というか、もともとそこまで大きな問題はなかったんだ。このままだと将来大変なことになると脅かされただけだ」

「病院に通って薬はちゃんと飲んでいるんですよね」

「ああ。もちろん飲んでるよ」

馬場さんの様子におかしなところは見られない。やはり杞憂だったのか。

しかしそうなると宇月の様子が気になった。爽太の心配はあっさり否定しておきながら、ホームパーティーに招待してほしいと言い出した。そしてその理由をはっきり説明しようとはしないのだ。

その夜、爽太は自宅で婚約者のSNSをあらためて見た。

草木の写真を一枚一枚見ているうちに、あることに気がついた。草木の名前がまったく記載されていないのだ。芽が出た、花が咲いた、実が生(な)った、という短い文章は添えられているが、名前に関しての記述は何もない。宇月のように植物にくわしい人間ならともかく、知識のない人間には写っているのがどんな植物だかわからない。あらためてストロファンツスという名前を検索してみた。

するとアフリカと東南アジアに分布するキョウチクトウ科の低木だとわかった。種子は毒性が強く、古くから矢毒に使用されてきたそうだ。矢毒という単語が気になった。トリカブトと同様に強い毒をもった植物ということだ。そこで宇月が口にした植物の名前を思い出してみた。

たしかスイセンとイヌサフランと言っていた。それ以外で覚えていたのはジギタリス、それからトウゴマという名前だった。

スイセンは知っているので、イヌサフランで検索してみる。するとイヌサフラン科の多年草で、有毒成分のコルヒチンを全体に含んでいることがわかった。少し食べただけでも下痢や嘔吐、呼吸困難などを引き起こし、球根をニンニクやタマネギと間違える食中毒は毎年のように起こっているそうだ。

ジギタリスはオオバコ科の多年草で、ジギトキシン、ジギタリンという成分を含んでいて、摂取すると胃腸障害、嘔吐、下痢、頭痛、めまいを起こすことがあるという。トウゴマはトウダイグサ科の一年草だった。種子を圧搾したものはひまし油と呼ばれて、機械の潤滑油などに使用されている。だが残滓(ざんし)にはリシンという青酸カリの何百倍も強い猛毒が含まれているそうで、過去にバイオテロに使用されたことがあるらしい。

ついでにスイセンを調べてみると、これにも毒性があり、球根を間違って食べる事故が年に何度も起こっているとわかった。ということはストロファンツスを含めて、投稿されたすべての植物に毒があるということだ。

爽太は思わず考え込んだ。

これは果たして偶然だろうか。

宇月は気づいていたはずだ。知ったうえで毒島さんと二人でホームパーティーに招待してほしいと言ってきたのだ。

――ホームパーティーに行きたい理由は、素晴らしい庭と温室を実際に見たくなったから。

宇月はそう言ったが、真意がどこにあるのかはわからなかった。

そしてホームパーティーの日はやって来たのだ。

4

重厚で大きなダイニングテーブルに、銀のプレートが並べられている。

盛りつけられた料理はどれも美味しそうだった。

カナッペやピンチョス、テリーヌとチーズの盛り合わせ、サンドイッチ、ピザ、サラダ、ペンネ、シーフードマリネとアクアパッツァという魚料理に、メインの肉料理は湯気の立ったローストビーフだった。ケーキやゼリー、季節のフルーツなどのデザートも各種揃えられている。シャンパン、ビール、ワイン、サングリア、ジュースやウーロン茶などのソフトドリンクは壁際のワゴンの上に並べられていた。

ホテルで行われる立食パーティーにも劣らない内容だ。年代物のステレオがクラシック音楽を奏でる中、パーティーは滞りなく進んでいた。

楽し気に料理を皿に盛りつけるくるみたちを横目に、爽太はワゴンの隅に置かれた氷水が入ったポットに近づいた。グラスに注いで一口飲む。特別な味はしなかった。これが普通のミネラルウォーターなのか、魔法の水なのかはわからない。

最初に馬場さんと麻由美が並んで挨拶をして、シャンパンで乾杯をした後は各自食事をしながら会話をしたり、ウッドデッキに出たりと思い思いの行動を取っている。

「水尾さん、このローストビーフすごく美味しいです。なくなりそうだから、早く取った方がいいですよ」

近づいてきたくるみが爽太に囁く。

「もしかしたらウチのホテルで出しているものより美味しいかもしれません。噛んだ瞬間、肉の旨味があふれ出して、脂と混じりあって蕩けそうな味がするんですよ。これを食べたら、もう他のローストビーフは食べられませんよ」

興奮するくるみに気づいて、馬場さんが近づいて来た。

「美味いだろう。名前を聞けば誰でも知っている一流ホテルの店のケータリングサービスを使っているんだぞ」

「やっぱりそうですか。オードブルやサンドイッチも美味しいですが、これはとび抜けて美味しいです」

「そうだろう。そうだろう」馬場さんは胸を張りながら、

「実を言うと、オードブルやサンドイッチも普通とはちょっと違うんだ」と小声で言い足した。

「何が違うんですか」

「それはだな……」と馬場さんは言いかけて、

「いや、やっぱり俺の口からは言えないな。最後に麻由美が言うから、それまで待っ

てくれ」

「この料理にも秘密があるんですか」

「まあ、後のお楽しみということだな」

「もったいぶりますね。あっ、でも今日は低カロリー・低糖質の食事じゃなくていいんですか」

「おいおい、おめでたい日なんだから、そういうことは忘れてくれよ」

馬場さんが顔をしかめる。

「そうでしたね。今日に限ってはお酒も解禁ですか」

くるみが馬場さんの手に目をやった。赤ワインの入ったグラスを持っている。

「まあ、そういうことだ。実はこのワインも特別だ。よかったら飲んでみるか。向こうにあるぞ」

「はい。いただきます」

くるみと馬場さんはドリンクの並んだワゴンの方に歩いて行った。

爽太はあまり食が進まなかった。宇月から聞いたキョウチクトウの話が気になっていた。並べられた食事に毒が入っているような気がする。なにせ、この家の庭には毒性植物が生い茂っているのだ。そんなことがあるはずないとわかっていても、一度浮かんだイメージは脳裏にこびりついて消えなかった。プレートの料理はどんどんなくなっていくが手は伸びない。

ふと見ると、壁際に置かれた椅子に座って宇月が料理を食べていた。毒を気にする様子はどこにもない。悔しくなって爽太はそちらに近づいた。

「隣に座ってもいいですか」

「どうぞ、どうぞ。このローストビーフは絶品ですよ。もうお食べになりましたか」

「あまり食欲がなくて……少し訊いてもいいですか」

「何でしょう」

「宇月さんがここに来た本当の理由はなんですか」

「庭を見たかっただけですよ」

「信じられません。もっと他の理由があるのではないですか」

「嘘はついてないですが」

「庭を見た感想はどうですか」

「写真で見た以上に素晴らしかったです。これだけの種類の草木を集めたお父さんの情熱を感じます。温室が見られないのが残念だったので、後でもう一度頼んでみようと思います」

「お父さんが集めたというのは本当でしょうか」

「どうしてそれを疑うんですか」

宇月は少し目を細めた。

「庭の草木はほとんどが毒草ですよね。毒のある植物ばかりを集めて、この家の主人は何をしようとしているのか、それがなんだか気になって――」爽太は声をひそめて、「宇月さんもそれを気にして、今日ここに来たんですよね」と囁いた。

「なるほど。水尾くんはそう考えたわけですか」

宇月は興味深げな顔をした。

「宇月さんの考えは違うんですか」

「ほとんどが毒草と言いましたけれど、それは当たり前のことですよ。植物は自分の身を守るために様々な成分を細胞内に蓄えます。それはすべての植物は毒を持っているということです」

「食べられる植物だってありますよ」

「それだって毒の成分が皆無というわけではありません。あく抜きをしたり、水にさらしたり、天日干しをすることで、無毒化するという手順を踏んでいます」

「でも野菜や果物はそのままでも食べられるじゃないですか」

「たしかにそうですね。でも野菜や果物には病害虫に弱く、気候の変化による影響を受けやすいという欠点があります。それは人の手で長い年月をかけて品種改良された結果です。人間が毒と呼んでいる成分は、植物にとっては生きていくためになくてはならないものなんです」

　宇月はローストビーフを食べ終えると、フォークをかちゃりと皿に置いた。

「毒を失った植物たちは、自分たちだけでは生きていけないほど脆弱になるのです。人間に毒ではないということは、動物や昆虫たちにも毒ではないからです。だから野菜や果樹の栽培には人間の手が必要になります。無害な植物ばかりを集めた場所はただの畑です。そうでない場所に育つ植物に毒があるのは当然のことなんです」

「この庭もそういう場所だということですか」釈然としない気持ちで爽太は訊いた。

「そういうことです。だから余計な心配はしないで、今はこのパーティーを楽しみましょう」

　宇月は片目をつむって微笑んだ。どこか含みのある表情だ。

「今は――ということは後で何かがあるってことですか」

　爽太は続けて訊いたが、宇月はそれには答えなかった。

「こんな言葉を知っていますか。『この世に薬というものはない。すべてが毒であり、それを薬とするのは量の問題だ』」

「初めて聞きました」

「十六世紀の科学者にして医者、錬金術師だったパラケルススの言葉です。この世界に存在するあらゆるものが僕たちには毒になる。化学物質のみならず酸素だって、日光だって、水だって、過剰になれば生命を殺します」

意味深長な言葉だったが、この場においてははぐらかしにしか思えない。

「気になります。何があるのか教えてくださいよ」

「何かあると決まったわけではないですよ。今は報告を待っています」

「報告って何ですか」

そこに人影が近づいてきた。

「二人で秘密の相談ですか」

毒島さんだった。ワイングラスを三つ載せたトレイを持っている。

「ワインはお好きでしたよね」

「ありがとう、と言いたいところですが、いまは遠慮しておきます。さっきシャンパンをもらったし、これ以上飲むと歩けなくなる恐れがあるので。水尾くんにあげてください」

「では、どうぞ」

毒島さんはワイングラスの載ったトレイを爽太に差し出した。

「赤でも白でもお好きな方をどうぞ」

「ありがとうございます」

爽太は白を受け取った。

「それで気がついたことはありますか」

「はい。いくつかあります」

毒島さんは赤ワインのグラスを取り上げて、残りのトレイをサイドテーブルに置いた。それから近くの椅子を宇月の横に移動させた。

「気がついたことって何ですか」爽太には意味がわからなかった。

「来る途中で頼んでおいたんです。家の中の様子を見て、気づいたことがあれば何でもいいから教えてほしいって」

宇月と毒島さんは一緒にタクシーで来たらしい。

「花織ちゃんが観察力と洞察力に優れていることはよく知っていますから」

宇月の言葉に爽太は胸をつかれた。やはり宇月は、この家には何か秘密があると想像しているわけなのか。

「それって――」と言いかけた爽太の言葉を宇月が制した。

「まずは花織ちゃんの話を聞きましょう」

宇月の視線に促されて、毒島さんが話しはじめる。

「私たちがタクシーで着いたとき、門の前にデリバリーの車が二台停まっていましたよね。一台には有名ホテルの名前、もう一台にはデリバリーサービスの会社の名前がありました」

「それは僕も見ました。有名ホテルの車がローストビーフ、そしてもう一台の車がそれ以外の料理を運んで来たのでしょう」

「もう一台のデリバリーサービスの会社をご存知ですか」

「いえ、知りません。あまり有名な会社ではなかったようですが」

「関東近郊でチェーン展開をしている会社です。糖尿病患者に向けた低カロリー・低糖質のメニューをデリバリーしていることが特徴です」

糖質、塩分、脂質を控えた食事でありながら、普通の食事と遜色ない味つけがされているのが売りだそうだ。

「薬剤師って、そんなことまで知っているものなのですか」

爽太が驚くと、

「前にその会社の人が薬局に営業に来たんです」と毒島さんは答えた。

「普通の食事と遜色ない糖尿病食のデリバリーで、パーティー用のオードブルやサンドイッチなども取り扱っていると売り込んできたのです。薬局で特定の業者の宣伝をすることはできないとお断りしましたが、とりあえずパンフレットだけでも、と強引に置いていったものを見たのです」

「車を見て、すぐにそれがわかったわけですね。そのときにそれを僕に言わなかったのには何か理由がありますか」と宇月が首をかしげた。

「パーティーのはじまりに主催者から説明があるかと思い、そのときに口にするのは控えました。でも何もなかったので今話をしたということです。もしかしたら最後に打ち明ける算段かもしれませんので、とりあえずはここだけの話にしてください」

その説明で爽太も気がついた。

――オードブルやサンドイッチも普通とはちょっと違う、最後に麻由美が説明する。馬場さんが言っていたのはそういう意味だったのか。二人にそれを言うと、

「なるほど。それなら花織ちゃんの推理が正しいようですね」と宇月は頷いた。

「今の話はまだ続きがあります」と毒島さんが言葉を続けた。

「先に水尾さんにお訊きしたいのですが、婚約披露のホームパーティーは今回が初めてですか。すでに開かれていて、これが二回目、三回目ということはありますか」

「馬場さんから聞いた話ではありません。少なくともホテルのメンバーが招かれたのは今回が初めてです」

「わかりました。それからゲストの顔ぶれを見ると、ほとんど馬場さんの関係者ですね。婚約者の方の知り合いがいないようですが、それについては何かお聞きになっていますか」

「麻由美さんが、馬場さんの友達や同僚を歓迎したいということで開催されたパーティーだからです。麻由美さんの知り合いはもともと招いていないと聞いています」

「それなら麻由美さんの知り合いだけを招いたホームパーティーを、前に開いたということはどうでしょう」

「たぶんないと思いますが……」

爽太は近くに誰もいないことを確かめてから、

「馬場さんから聞いたところによると、麻由美さんは両親の介護をしていた時間が長いため、友人がほとんどいないということでした」

「そうですか」

毒島さんは顎に手を添えて考え込んだ。今までにもそういう姿は見ているが、華やかな装いの毒島さんが沈思黙考している様子は今までになく新鮮だった。まっすぐな鼻筋と長いまつ毛につい見とれていると、宇月も同じように感じたらしく、

「花織ちゃんは真剣に考える姿が様になりますね。さすが学生時代にミスコンの準グランプリに選ばれただけのことはあります」と軽口を叩いた。

「そんな昔のことを持ち出すのはやめてください」毒島さんは眉をひそめた。

「立てばシャクヤク、座ればボタン、歩く姿はユリの花――とは言いますが、何かを真剣に考える女性の姿を花にたとえるなら何がいいですかね。シキミ、ニチニチソウ、それともセイヨウヤナギというところでしょうか」

宇月は爽太に笑いかける。しかしすぐに反応したのは毒島さんだった。

「どれも近代医薬を生み出す元となった植物じゃないですか。シキミはインフルエンザ薬、ニチニチソウは抗がん薬、セイヨウヤナギは鎮痛薬——そんなことより、真剣に聞いてください」

「失礼しました。真剣に考える人間の姿は、男女問わず尊いものだと言いたかっただけです。えーと、それでなんの話でしたっけ」宇月は爽太を横目で見ながら頭を掻いた。

「デリバリーサービスの話です。さっきお話しした会社のパンフレットを、時間があるときに一通り見たことがあります。創業五年を記念して、秋に様々な企画を開催するとの告知がありました。糖質・塩分・カロリーを制限したパーティーセットを、初回に注文の方にはワインのハーフボトル、二度目の方はフルボトルをサービスするという内容でした。糖尿病食を提供するパーティーにワインをサービスすることの是非は措くとして、そのワインのフルボトルがあそこにあります。さっき確かめましたが、ラベルの隅に会社のロゴマークが入っていました」

　毒島さんは首を曲げた。視線の先に飲み物を並べたワゴンがある。

「ということは、このようなホームパーティーを行うのは、これが二回目になるわけですか」

「そうだと思います」

では最初のパーティーはいつ、誰を招いて開かれたのか。麻由美の友人を招いて、ということはないだろう。友人がほとんどいないという話だし、そもそも彼女自身は糖尿病ではないはずだ。

いや、待てよ。

爽太はあることに気がついた。

「でもよくよく考えるとホームパーティーを開くのに、糖質・塩分・カロリーを制限した料理を頼む必要がありますか。入院患者や高齢者がゲストの中心というならわかりますが、見たところみんな健康そうで、馬場さんの他に糖尿病の患者がいるようには思えませんが」

爽太は首をひねった。

「麻由美さんが、それだけ馬場さんの健康状態を気にしているってことですかね」

魔法の水のことを思えば頷けないことはない。

「毒島さんが言ったように、最後にそれを打ち明けるつもりなら、それはサプライズを狙ってという可能性がありますね」と宇月が言った。

「サプライズにしては地味じゃないですか」

爽太は言ったが、宇月は首をふった。

「地味ですが、馬場さんの健康状態について、彼女がどれほど気を使っているかが強調されます」

「パーティーの最後で麻由美が、ローストビーフ以外は、糖質・塩分・カロリーを制限した料理であると打ち明ければ、ゲストはそんな料理があることに驚き、確かに麻由美の心の中に、馬場さんへの愛情と気遣いがあることを確信するだろう。

つまりは麻由美の自己満足のためなのか。

「話を戻します。私が気になったのは、最初のホームパーティーがいつ開かれたかということです。会社が創業五周年だから、それ以前に他界されているご両親とは無関係です。わざわざホームパーティーを開いたのですから、目的はかなり重要なことのはずです」

お父さんが亡くなったのが六年前、その後に結婚して、去年に夫が事故死したということだった。

「五年以内にあった大事なこと。自然に考えれば、最初の旦那さんの友人を招いてのホームパーティーということになりますね」

「そうですね。ただしその場合、最初のご主人も糖尿病を患っていたことになりますが」

宇月の言葉にぞっとした。最初の夫も、馬場さんと同じだったのか。事故死と聞いたが、どういう状況で死んだのかまではわからない。馬場さんと麻由美の出会いはマッチングアプリだ。そして馬場さんは糖尿病であることを事前に登録したと言っていた。麻由美は馬場さんが糖尿病であることを知っていたのだ。それは見方を変えれば、糖尿病だから麻由美は馬場さんを選んだということになる。

麻由美は働かずに、親の遺産を運用して生活の糧を得ているそうだ。

それが本当かどうかはわからない。

しかし宇月はそれに言及することはなく、

「わかりました。他にはありますか」と続けて訊いた。

「あとは壁や柱、家具の角などにある傷が気になりました」

毒島さんは壁際のサイドボードを指さした。床から五、六十センチほどの高さにえぐられたような痕がある。重いモノをぶつけたようだが、時期的にはかなり前につけられたもののようだった。

「洗面所の近くや、廊下の角、マントルピースにもありました」

「なんだろう。たしかに重いモノがぶつかったような痕だけど」

爽太はその痕を見て、あることを思い出した。

「同じような痕はホテルの廊下にもあります。使い終わったシーツや衣類を積んだワゴンを壁にぶつけるとこんな痕がつきます」

「ということは、この家の中で重いワゴンを使うことがあったのかな」

「それともうひとつ。向こうの――」と毒島さんが言いかけたとき、

「どうしたんですか。みなさんそんな怖い顔をして」と声がした。

見ると麻由美が馬場さんと並んで立っている。これまでの会話を聞かれたのかと爽太は焦ったが、宇月は顔色を変えることなく、

「無理を言ってパーティーに押しかけてしまい申し訳ありません。とても楽しい時間を過ごしています。お礼と言っては何ですが、僕たちにできることがないかと相談していたところです」と微笑んだ。

「お礼なんてとんでもないですわ。楽しんでいただければ、それで私たちは満足です」

「そう言っていただけると気持ちが軽くなります。とても美味しい料理をご馳走になったこともあり、薬剤師として何か助けになることがあればと思ったのですが」

麻由美の眉がかすかに曇った。

「あのお料理、お口に合いませんでしたか」

「いいえ、とても美味しかったですよ。そのお礼として、ご相談に乗れることがあればと思ったということです」

宇月はことさら明るい声で言う。

「たとえば糖尿病の薬について知りたいことはないですか」と馬場さんの顔を見る。

「僕たちにわかることなら、なんでもお答えいたします」

「いまのところは問題ないですよ。食事を変えたお陰で体調もよくなったし」と馬場さんは言ってから、

「そういえば宇月さんは漢方薬にくわしいそうですが、糖尿病の治療に漢方薬は効果がありますか」と訊いた。

「漢方薬に興味をお持ちですか」宇月は嬉しそうな顔をした。

「漢方医学は病気ではなく、病人を治すための医学です。きちんと使えば糖尿病の方にもいい結果をもたらすと思います」

　宇月の言葉を聞いて麻由美が口を出した。

「病気を治すのも病人を治すのも同じことじゃないですか」

「西洋医学では、まず診察と科学的な検査の数値を参考に病名を特定してから診療にかかります。しかし漢方医学では症状に加えて体質や生活を詳しく聞いて、環境や季節と併せて検討します。そうやって患者の証を決めて診療に取り掛かるんです」

「たしか気とか血とかを診て診療するんですよね。父が病気になったときに試したことがあります。はっきりした効果が出ないので、早々にやめてしまいましたが」

　麻由美の口調は否定的だった。それでも宇月に気を悪くした風はない。

「それは残念です。漢方医学は西洋医学とは違う体系で成り立っていますので、すぐに効果が出ないこともあるんです。しかし患者に寄り添った診療ができるので、それ

がいいという患者さんもいらっしゃいます」

　宇月は立ち上がると馬場さんをじっと見た。

「漢方医学では糖尿病体質を改善することで糖尿病の治療にあたります。糖尿病体質の原因は陰虚です。陰とは陰液をさし、人体を構成している血・津液（しんえき）・精をあらわします。陰虚とは陰液が不足している体質で、漢方医学では陰虚を改善することが糖尿病の治療になると考えます。お訊きしますが、こんな症状はありますか。体が熱くてのぼせる、膝や腰がだるい、喉が渇く、トイレに行く回数が増えた、たくさん食べるのにお腹が空く」

「そうだな……体が熱い感じはあるかな。膝や腰がだるい感じもあるし、トイレの回数はたしかに増えたけど」

「舌を見せてもらってもいいですか」

「舌？　……いいけど」

　馬場さんは顎を宇月に突き出し、口をあけた。

「……暗い赤色で乾いて、舌苔（ぜったい）がないですね。馬場さんの証は腎陰虚の可能性があります。腎は五行の水に属して、生きるために必要なエネルギーの基である精を貯蔵し、人の成長や発育をつかさどる臓器です。腎陰虚とは、それが衰えた状態であると考えられます」

「それは腎臓が悪いってことなのかい」

「西洋医学でいう腎臓とは少し違います。腎とは漢方医学でいうところの五臓六腑のひとつです」

「ああ、五臓六腑に染みわたる――っていうやつか」

そういえば最近はそこまで飲むこともなくなったな、と馬場さんは苦笑いする。

「その慣用句ばかりが有名ですが、実は漢方医学に根差した言葉です。五臓とは肝・心・脾・肺・腎のことで、六腑とは胆・小腸・胃・大腸・膀胱・三焦です。五臓は五行に対応していて、腎が水、肝が木、心が火、脾が土、肺が金とされています」

腎の精気である腎気には腎陽と腎陰の二つがある。腎陽は体を温めたり、機能させたりする力をもち、腎陰は体を潤わせて、栄養を与える効果をもつ、と宇月は続けた。

「腎陰にくらべて腎陽が不足している状態が腎陽虚です。逆に腎陽にくらべて腎陰が不足している状態が腎陰虚。腎陰虚の場合、六味地黄丸などの漢方薬で腎陰を補うことが糖尿病の治療となります」

「へえ、じゃあ、俺もその薬を使えば糖尿病が治るのかい？」

「いえ、これは漢方医学がどういう治療を行うかの説明です。馬場さんはすでにかかりつけの先生がいらっしゃるのですから、まずはそちらで血糖値の改善を目指してください」

症状が改善した後には、そういう方法もあるという説明です、と宇月は言い添えた。それに続けて毒島さんが言った。

「生活習慣病の特効薬というものはありません。ご自身の生活習慣を見直して、健康に留意することが治療への第一歩です。くれぐれも楽することだけを考えないでくださいね」

「毒島さんはやっぱり厳しいね。最初からこうなんだよ、この薬剤師さんは。まあ、そのお陰でこの病気に向き合うことができたわけだけど」

馬場さんは苦笑いしながら麻由美の顔を見た。

「私にはピンとこないわね。そもそもあなたは薬剤師なのに、どうして漢方医学を奨めるの？」と麻由美はにこりともしないで宇月を見た。

「漢方医学をことさらに奨めるわけではありません。いいところは利用すればいいというのが僕の考えです」

「私からするとずるいやり方にも思えるけれど」

「それはそうかもしれませんね。でも事故に遭って、体に不自由があると、どうしてもそういう考え方になるんです」

「事故ってどういうことかしら」

「学生時代に事故に遭って、三日ほど昏睡状態に陥りました。その後遺症でいまだに身体に麻痺が残っています。治療方法を探しましたが、何を試しても効果はありませんでした。今でこそ、この状態と折り合いをつけて生活をしていますが、当時は悔しくて何日も眠れない夜が続きました。サプリメント、健康食品、あるいは磁気治療器、植物エキスやアロマなど色々な商品を試しましたが、まったく効果はありませんでした」

「ああ、あなたにもそういう事情があったのね」

麻由美の目に同情の色が灯った。

「母や父が臥せったときに、私も同じことを思ったわ。現代医学だけが治療法ではないはずだって、奨められたり目にした治療法をいくつも試した。でもどれもダメだった。藁にもすがる思いで手を出しても、効き目はまったくあらわれない。そのときは、もう嘘の治療法には騙されないと思うんだけど、時間が経ってよさそうなものを目にすると、もしかしてこれならと考えてしまうのね」

「僕もまったく同じことをしましたよ。どれだけのお金と時間をドブに捨てたかわかりません。僕にとって幸いだったのは、後遺症が命にかかわる事柄ではなかったことですね。だから時間をかけてじっくり取り組もうと考えを変えました」

「そうだったのね。ごめんなさい。あなたの事情も知らないで」

「気にしていませんよ。ところで庭の植物もそのためのものですか」

　唐突に宇月が質問した。麻由美は意味がわからないようだった。

「さきほど庭を一通り見させてもらいましたが、様々な成分を含んだ植物が植えられているように見えました。もしかしてあの植物群からエキスを抽出して、病気に効く成分を化合しようとしているのではないですか」

　麻由美は呆気に取られた顔になり、「あははは」と声をあげて笑い出した。

「あなた、面白いことを考えるのね。やっぱり薬剤師だからかしら。植物の成分から薬を作るなんて、素人にそんなことができるはずないじゃない。あの庭は父の趣味なのよ。東南アジアの物品を輸入する会社を経営していて、現地で珍しい植物を手に入れたりして、気がついたらあれだけ集まっていたということよ。大きな声では言えないけれど、検疫を受けずにこっそり持ち込んだものもあるみたい」

「どちらの国に行かれることが多かったのですか」

「ベトナム、タイ、カンボジアあたりかしら。当時は政情が不安定な国が多かったから色々と大変だったと言ってたわ。何をするにも賄賂（わいろ）やつけ届けが必要で」

「なるほど。それでわかりました。温室に冶葛（やかつ）が植えられていた理由（わけ）が」

　その瞬間、麻由美の顔が歪（ゆが）んだ。刺すような視線を宇月に投げかける。しかし隣にいた馬場さんは気づくことがなかった。直前に声をかけてきた友人らしい男性に顔を向けていたのだ。

「そろそろ行こうか。向こうの友達を紹介するよ」

馬場さんが笑顔で麻由美に言った。

「ええ、わかったわ。そうしましょうか」

麻由美は馬場さんに向けて笑顔を作った。

「それでは、また後で――」

麻由美はそのまま去って行った。

「最後に怖い顔をしていましたね。冶葛って何のことですか」

二人がいなくなって毒島さんが訊いた。しかし宇月は答えない。何かをじっと考え込んでいるようだ。

「どうかしましたか」

爽太が訊ねても返事をしない。完全に自分の思考に入り込んでいるらしい。

「そういえば、さっき何かを言いかけましたよね。もうひとつ気がついたことがあるって」

仕方がないので毒島さんに話をふった。

「ええ、それは」

毒島さんはちらりと宇月を見てから、

「こちらは麻由美さんの生家ということですよね。ということは少なく見積もっても四十年以上は経過しているわけです。そう思って見ると、造りはしっかりしていますが、経年劣化している部分が目につきます」

たしかに天井の隅は黒く変色して、壁のクロスも継ぎ目が浮き出ている。

「これだけの年月を経ても傷んだ箇所が目立たないのは立派だと思います。設（しつら）えられた家具もそれなりの品が選ばれています。あちらのソファはイタリア製で、向こうのサイドボードはドイツ製だと思われます。他にも高価な品がたくさんありますが、いかんせん趣味が古いというか、時代遅れという感が否めません」

「それはアンティークだからではないですか」

「アンティークとは、製造されてから百年以上経過して、かつ美術的、芸術的価値があるものとされています。しかしここに揃っている家具はいわゆる大量生産品（マスプロダクツ）と呼ばれるものだと思います」

「毒島さんは家具の価値までわかるんですか」

爽太が目をまるくすると、毒島さんは慌てて否定した。

「そこまでは詳しくはありません。実家に同じような家具が揃っていて、それを評した兄の受け売りです」

そうだった。毒島さんの父親は病院経営をしている医師だった。

「ご自宅にもこんな家具があるんですか」

「同じ物ではないですが。実家は私が生まれる前に祖父が建てたそうで、家の造りといい、家具の趣味といい、こちらと雰囲気が似ています。高度経済成長期に成功した人間特有の成金趣味だと口の悪い兄は笑っていましたが」

大学卒業までは実家暮らしをしながら、父親との軋轢があり、その後に家を飛び出したという毒島さんの事情を思い出す。

「ごめんなさい。そんなことはどうでもいいんです。私が言いたかったのは、このお宅を見て、どこか懐かしさを感じたということです。だけど一ヶ所だけ、あれと思ったことがありました。私の実家にはないものがここにはあったんです」

毒島さんの実家にはなくて、ここにはあるもの……。

「暖炉ですか」

「いえ。それはありました」

あるんですか、と突っ込みそうになる。

「正確には暖炉ではなくマントルピースです。焚き口と飾り棚を装飾的に壁に作りつけたもので、実際に薪をくべることはできません」

「毒島さんのご実家にもマントルピースがあるんですか」

「ウチには本物の暖炉がありました。西洋かぶれの祖父が作ったそうですが、薪をくべた後の後始末や日々の掃除、煙突のメンテナンスが大変で、私が覚えている限りでは一度も使ったことはありません」

こちらのお宅には煙突がなかったのでマントルピースだとわかりました、と毒島さんは言い添える。

そういうことか、と心の中でため息をついた。それ以外で毒島さんの実家になくて、ここにあるものとは何だろう。

「降参です。わかりません」

「正確には家の外にあるものですが」

毒島さんは庭に通じるサッシ窓を指さした。

「答えはウッドデッキです。造りもしっかりしてましたし、木材に腐食や傷みもありません。家屋とは作られた年代が明らかに違います。それでどうしてウッドデッキを作ったのだろうと思ったのです。あれだけの広さの物を作るには、庭の一部を潰さなければなりません。高さも窓と合わせて、段差がなくフルフラットになっていました。そこまでしてウッドデッキを必要とする理由はなんでしょう。すぐに思いつくのは小さな子供がいることです。草木の多い庭で遊ばせると、植物にかぶれたり、虫に刺されたりすることがあるでしょう。しかし麻由美さんは独身です。ペットを飼っている様子もありません。次に頭に浮かんだのはお父さまのことでした。病に臥せったお父さまが、大好きな庭をよく見られるようにあのウッドデッキを作った。それはありそうな事柄です。それでウッドデッキを観察してみました。床には轍のような跡がかすかに残っていました。幅からして、おそらく車椅子の車輪の跡でしょう」

毒島さんは立ち上がって、ウッドデッキに歩いていく。爽太も後に続いたが、宇月はそのまま動かなかった。

「お父さまは車椅子でウッドデッキに出て、庭を眺めて晩年を過ごしていたのではないでしょうか」毒島さんが指で示したのは、さきほど宇月がつまずいた近くだった。

「お父さまがどういう病気を患っていたのかはわかりません。脊髄、神経、筋肉の病気などで歩行困難になることはままあります。ただ可能性のひとつとして糖尿病があることは見逃せません」

毒島さんの言わんとしていることがようやくわかった。糖尿病の合併症で神経障害や血管障害を起こすと、足が壊疽（えそ）を起こして切断に至ることがある。もしかしたら麻由美の父親は糖尿病の合併症で臥せっていたのかもしれない。

そういえば糖尿病という病名について、妙なことを言っていた。

——尿に糖が混じっているから糖尿病だなんて、何のひねりもない安易な命名だと思うのよ。いつの時代につけられた名前か知らないけれど、もうちょっと気の利いた名前に変えてほしいと私は思うわ。

――糖尿病は尿という字が入ったところがとにかく嫌ね。なんだか間抜けな名前じゃない。破傷風だとか、赤痢だとか、狂犬病だとか、もっと切羽詰まった名前にすればいいのよ。そうすれば――。

糖尿病という名前だから、父親もことの重大さに気づかずに重症化した。もっと恐ろしげな名前ならば、真剣に自分の病気と向き合っていた。

麻由美はそんなことを言いたかったのではなかったのか。

「そうだとすれば部屋の跡も説明がつきます。車椅子をぶつけた跡です。目の奥の血管にも障害が出て、視力が低下していたなら、コントロールを誤って衝突することがよくあったのかもしれません」

父親が糖尿病を患っていた。そのこと自体は妙ではない。

ただ気になるのはそれを馬場さんに話していないことだ。それでいながらマッチングアプリでは、糖尿病であることを打ち明けた馬場さんを選んでいるのだ。そして事故死した前夫も糖尿病だった可能性がある。

何を言っていいかわからないまま爽太は毒島さんの顔を見た。毒島さんは物憂げな顔で沈黙している。

強い風が吹きつけて、庭の草木がざわざわと音を立てる。毒をもった草木が多いということを思い出す。風に吹かれて毒の成分が飛んでくることはないだろう。しかしそこにいると心なしか気分が悪くなってくる。

「中に入りましょうか」

爽太は毒島さんに声をかけた。

5

午後四時半を過ぎてパーティーは終わりを迎えた。

毒島さんが想像した通り、最後に料理の秘密が明かされた。糖尿病患者でも安心して食べられる特別メニューと聞かされて、美味しかった、そんなこと想像もしなかった、という声が相次いだ。そしてわざわざそんな料理を用意した麻由美の心遣いに称賛が集まった。

——こんなにも心優しく気が利く美人と一緒になれて、本当に馬場さんは幸せ者だ。

同年代の友人たちは口を揃えて馬場さんをうらやんだ。

最後はホスト二人が玄関に立って、一列になって退出するゲストに紙袋に入ったお土産を渡して見送った。紙袋には高級果物店の包装紙で包まれたゼリーの箱とメッセージカードが入っていた。メッセージカードには、馬場さんと麻由美の連名でお礼の言葉がしたためてある。

玄関を出たところで、さてどうしようか、と考えた。

ウッドデッキで話をした後、毒島さんとリビングに戻ってみると、宇月は姿を消していた。トイレに行ったのかと思ったが、二十分経っても戻ってこない。ようやく戻ってきたかと思えば、毒島さんを呼んで二人で真剣な顔で話しはじめた。それでいながら、「終わったら一緒に帰りましょう。一人で先に帰らないでください」と声をかけてきた。何を考えているのか、まるでわからない。

「これからみんなで飲みに行きますけど、水尾さんはどうしますか」

玄関から出てきたくるみに声をかけられた。しかしあの二人を置いては帰れない。

「今日はいいよ。遠慮しておく」

「わかりました。じゃあ、また明日」

くるみは落合さんと笠井さんと連れ立って門を出て行った。宇月と馬場さんはまだ出てこない。次に馬場さんの友人たちが一団となって通り過ぎていく。そこには当の馬場さんもいた。

「今日は来てくれてありがとうな」爽太を見つけて声をかけてきた。

「こちらこそ呼んでいただきありがとうございます。とてもいいパーティーで楽しかったです」

結婚して本当に大丈夫ですか、という言葉が喉元まで出かかった。しかしそんなことが言えるはずもなく、言ったところで馬場さんを説得できる自信もない。

「それならよかった。毒島さんはあの男と一緒に中にいたぞ。取られないように頑張れよ」

馬場さんは友人たちと連れ立って歩いていく。

「駅まで送って行くんですか」奇異に感じて爽太は訊いた。

「ああ。このまま、飲みに行く」

「いいんですか。婚約者を置き去りにして」

「許可が出たんだよ。せっかく友達が集まってくれたから、今日くらいは好きに酒を飲んでもいいってお許しが」

「本当にいい嫁さんを見つけたな」「美人で、金持ちで気が利いて」「本当にお前は三国一の果報者だよ」と褒めそやす友人たちに囲まれて、馬場さんは上機嫌で門の外に消えていく。みなが帰路についたのに宇月と毒島さんだけが出て来ない。

どうしたんだろう。玄関に戻りかけると、二人がちょうど玄関から出てくるところだった。

「馬場さんはもう行きましたか」宇月が言った。

「友達と飲みに行きました」

「そうですか。じゃあ、行きましょう」

宇月は歩き出した。しかしその爪先は門ではなく、庭に通じる小径(こみち)に向いている。

「どこへ行くんですか」

　質問する爽太に宇月はメッセージカードを差し出した。お土産に入っていたものだった。しかしカードの隅に走り書きがある。女性の文字で『パーティーが終わったら温室に来てください』と書いてある。

「これは……？」

「僕がもらったメッセージカードです。馬場さんがいるなら話は無理かと思いましたが、飲みに行ったなら大丈夫そうですね」

　麻由美が温室で待っているということか。

「僕が行ってもいいんですか」

「僕一人じゃ体力的に不安があります。温室で突発的な出来事があったら、僕と花織ちゃんだけでは対応できません。そういう意味で水尾くんにも来てほしいんです」

　突発的なこととは何だろう。それ以外にも訊きたいことがたくさんあった。しかし質問している時間はなさそうだ。まずは自分を頼ってくれたことに感謝するべきだろう。

「わかりました。行きましょう」

　爽太は先頭に立って歩き出した。

温室は天窓が開け放たれていた。

太陽に熱されて、温度があがりすぎないようにするためだろう。足を踏み入れただけで肌が汗ばみ、服が体に張りつくようだ。

しかしそこに広がる光景には目を奪われた。パイナップルのような形状の青い実をつけた草が何本も地面から生え、ヤシに似た樹木は子供の背丈ほどもある葉を四方に伸ばし、らせん状にねじれた節くれだった樹木に、ハート形の葉をつけたつる草がからみついている。作りつけの棚には漏斗のような葉をつけた食虫植物の鉢が並び、緑の水をたたえた大きな鉢には睡蓮のまるい葉が浮かんでいた。

中でも目を引いたのは温室の中央に広がる一群だった。大きな緑色の葉の間から黄色いラッパのような花が、垂れ下がるように咲いている。

「キダチチョウセンアサガオですね。別名をエンジェルズトランペットと言って、摂取するとせん妄、幻聴、めまい、錯乱を引き起こして、最悪の場合は意識喪失、呼吸停止を起こすこともあります。アメリカでこの木の下にハンモックを吊り下げて寝ていた少年が、香気に当てられて、昏睡状態に陥った例もあるそうです」

宇月は咲き誇る花を見ながら嘆息した。

「ここにあるのも、やはり毒を含んだ植物ですか」

「すべてがそうではないようですが――」

宇月は指で額のあたりを拭いながら、らせん状にねじれた節くれだった樹木を指さした。

「この温室の中――いや、この庭にある草木で最も危険な植物がそこにあります」

「これがですか。普通の木に見えますが」

「危険なのは木ではなく、巻きついているつる草ですよ」

言われて気がついた。ＳＮＳの写真で黄色い花をつけていたあのつる草だ。

「冶葛ことゲルセミウム・エレガンスです。東南アジアの山岳部に自生するマチン科の植物で、青酸カリよりもはるかに強い毒性をもっています。現地では葉っぱ三枚で人間が死ぬと言われているそうですよ」

宇月は樹木に巻きつくつる草にゆっくりと歩み寄る。

「僕も実物を見たのは初めてです」と言いながら青々とした小さな葉に手を伸ばす。

「大丈夫ですか」付き添った毒島さんが心配した声を出す。

「冶葛が毒性を発揮するのは摂食したときのみです。現地では殺人や自殺を目的に使われることもあるそうで、生の葉は苦いので乾燥させた粉末を使うとか、摂取したあと冷水を飲むとすぐ死ぬとも言われているそうですが……」

「――よくご存知ね」

つる草がからみついた樹の陰から麻由美が姿を現した。パーティードレスのままで、ダイヤモンドのペンダントも首に下げたままだった。

「薬剤師というのは、みんな漢方薬や植物に詳しいの？」

「宇月さんは特別です。普通はそこまでのことは知りません」

麻由美の質問に毒島さんが答えた。宇月はつる草に手を触れたまま、

「これはお父さんが植えたものですか」と訊いた。

「そうよ。バブル経済華やかなりし頃、金に物を言わせて、現地の少数民族から買い取ったらしいわね。冶葛という名前も、だから私は後から知ったのよ」

「その冶葛ってつる草は特別なものなんですか」

爽太はおずおずと質問した。

「冶葛は『神農本草経』にも記載されている生薬です。千二百年前の奈良時代に中国から渡来して、正倉院薬物に献納されたという記録があります。甘草、桂心、人参などの生薬と並んで六十種類の薬物のひとつに選ばれている。しかし正体は長らく不明とされてきました。二十年ほど前に正倉院薬物の大規模な調査があって、そのときにはじめて冶葛がゲルセミウム・エレガンスと同定されたんです。わずかに残った生薬から検出された成分でわかったそうですが、千二百年の年月を過ぎても、含まれた成分は劣化していなかったということです」

「毒草なのに薬物として取り扱われた――それってトリカブトみたいなものですか」

「それについてはいまだに解明されていません。外用薬として使用されたようですが、果たしてそこまでの効果があったのか。効果があれば、生薬として現在も残っているはずですからね。しかしそれ以降、冶葛が中国から渡ってきた記録はありません。十二世紀から十三世紀といえば貴族の間で勢力争いが相次いでいた時代です。我々が知らない効用があったのか、あるいはその猛毒が別の使われ方をしたのか。いまとなっては誰にもわからないことでしょう」と宇月はつぶやいた。

「まさか個人のお宅で現物を拝めるとは思いませんでした。本日招待してもらったことには本気で感謝しています」

「話の本筋はそこじゃないでしょう」

麻由美が肩を怒らせて、腰に手を当てた。

「これを使って私が何をしたのか、それを訊きたいんじゃなかったの？」

葉っぱ三枚で人が死ぬ植物。こっそりと人を殺すことには向きそうだ。

「冶葛を使って何かしたのですか」宇月が逆に質問した。

「何もしてないわよ」麻由美が憤然と言い返す。

「そうですよね。それについては疑っていませんよ」

「疑ってないってどういうことよ」

宇月の返答に麻由美の目尻が吊り上がる。

「言葉通りの意味ですよ。僕はあなたが治葛を使って、過去に人を殺したり、これから殺そうとしているとは思っていません」

それには麻由美より爽太が驚いた。

「どうしてですか」と思わず声が出た。

「どうしてそう思うんですか」

「勘ですかね」

「勘って……そんな」

「勘は馬鹿にならないものですよ。僕の勘は当たります」

宇月はにっこりと微笑んだ。

「じゃあ、あなたはどうしてここに来たの？　何がなんだかわからなくなってきたわ。立ち話もなんだから向こうに行きましょう。お茶の用意をしてあるわ」

麻由美が眉間にしわを作って、ウッドデッキの方角を指さした。

「それはありがたいです。ここは蒸し暑いし、こうしてずっと立っていると足に負担がかかるので」

「事故に遭ったと聞いたけど、自分で運転しての事故だったのかしら。それとも歩いていてぶつけられたとか？」

出口に向かいながら麻由美が訊いた。口調に棘がある。いまだ宇月を信用していないようだ。しかし宇月に気にする素振りは見られない。

「車の事故ではありません」

「じゃあ、どんな事故かしら」

「交際していた女性に毒を飲まされたんです。それが原因でこんな身体になりました」

あまりに自然な口調だったので、自虐的なブラックジョークかと思われた。

しかし冗談だとほのめかす気配はない。とっさに毒島さんの顔を見た。

毒島さんは悲しそうな顔をして、口を真一文字に結んでいた。

6

ウッドデッキには小ぶりなテーブルと椅子が用意されていた。テーブルにはウェッジウッドのティーポットとティーカップが用意されている。

麻由美は紅茶をいれて、みなに配った。

「ごめんなさいね。夏でも冷たい物はあまり口にしない習慣なのよ」

「構いません。夕方になって涼しくなってきたところですし」

「毒は入っていないわよ」

麻由美が皮肉めいた口ぶりで言った。

「わかっています。いただきます」

宇月はティーカップを取りあげると躊躇なく口にもっていく。湯気が立つ琥珀色の液体を一口飲んで、「美味しいです」とつぶやいた。

麻由美もティーカップを持ちあげて口をつけた。それにならって毒島さんと爽太もティーカップに手を伸ばす。

「さっきの毒を飲まされたって話は本当のことなのかしら」

ティーカップをソーサーに置いて麻由美が言った。

「学生時代の話です。こう言ったらなんですが、当時はそこそこ女性にもてたんです。若気の至りというか、当時の僕はそれを鼻にかけたとても嫌な奴でした。大学の同級生だった本命の彼女がいたのに、他の場所で知り合った女の子とおおっぴらに遊んでいたんです」

「おおっぴらに？」と麻由美が目をまるくする。

「そこが僕の鼻持ちならないところです。彼女は優しくて、僕に対してとても寛容でした。僕が何をしようと嫌な顔ひとつせず、仕方ないわねという目で見て、いつでも優しく包み込んでくれていた。そんな彼女にすっかり思い違いをして、好き勝手にふるまっていたというわけです」

「でも違ったのね。従順なふりをして、腹の底ではあなたを憎んでいたということかしら」

「そうかもしれません。でも本当のところはわかりません。僕に毒を飲ませた直後、彼女は自死したからです」

彼女が宇月に飲ませた毒物は硫酸タリウムだった。摂取すると脱毛、神経炎、皮膚炎、運動失調、四肢の痛み、脱力感、視野狭窄、記憶障害などを引き起こす。

「彼女とお茶をした後に倒れて救急搬送されたんです。検査で尿中のタリウム濃度が高いことがわかりましたが、日常生活でタリウム中毒になることはあり得ません。事件性を疑った病院が警察に連絡して、僕から事情を聞いた警察が彼女のアパートを訪ねました。そこで縊死している彼女を見つけたというわけです」

遺書はなかった。しかし自宅の棚から硫酸タリウムの瓶が見つかった。個人経営の薬局のレシートも一緒に見つかったことから、彼女が宇月に硫酸タリウムを飲ませて、その後に自死を図ったのだろうと推測された。ただしはっきりしたことはわからない。彼女が死亡したために事件化はされなかったのだ。

「意識が戻った直後は大変でしたよ。髪は抜けるし、目も見えない。そして体のあちこちに麻痺がありました。時間が経って脱毛や視野狭窄は改善しましたが、手足などの麻痺は治らない。それでリハビリをしながら、自分で色々な薬を試したというわけです。なにせ薬学部に通う大学生ですから基礎知識はありました。西洋医学の知識では改善が見られないと、漢方医学、中医学、韓医学、アーユルヴェーダ、ユナニ医学までも勉強したんです。しかしながら、これはというものにはいまだ巡り合えていないのが実情です」

漢方医学にはじまって生薬、植物から抽出されるエキス、そしてサプリメントにもくわしい理由はそれだったのか。

「それは彼女が無理心中を図って、失敗したということなのかしら」

麻由美は納得できないような顔で問いかけた。

「無理心中を図ったのか、あるいはもっと別の理由があったのか――今となっては判断するすべはありません」

あなたはどう思いますか、と宇月は笑みを浮かべて麻由美に質問を返した。

「彼女の真意をどう捉えますか」

「そうね……殺すつもりはなかったんじゃないかしら。ちょっと驚かすつもりでやったことなのにあなたが倒れて目を覚まさない。それで初めて自分がしたことの重大さに気がついた。自分の罪深さに慄いて、それで突発的に自殺を図った――ということじゃないかしら」

「そういう考え方もありますね。その日、僕は彼女と大学近くの喫茶店でお茶をしていたんです。こうやって紅茶を飲んで、トイレに立って。その後に戻って、ティーカップを取った僕の顔を彼女は食い入るように見つめていました。一年半ほど交際をしていましたが、そんな目で見られるのは初めてのことでした」

　宇月はそこで言葉を切った。

「実は、あれからずっと紅茶を飲めないでいたんです。ティーカップから湯気を立てる琥珀色の液体を見ると、あのときの彼女の顔を思い出してしまうので」

「あら、そんなこと……」

　麻由美は慌てたように手で口を押さえた。

「ごめんなさい。知らなかったから」

「いいんです。この機会を逃したら、二度と紅茶を飲むことはできないと思って、あえて挑戦してみました。こうして無事に飲めましたし、麻由美さんが謝ることはないですよ」

　宇月は顎をあげてティーカップの紅茶を飲みほした。

「僕の話はこれで終わりです。おめでたい日に嫌な話を聞かせて申し訳ありません」

「それはいいけれど、でも、どうして話してくれたの？　それともこれは誰にでもする話なの？」

「この話をしたのは毒島さんに次いで、あなたが二人目です」

　麻由美は毒島さんに目をやった。

「お二人は仲がよさそうね」

「彼女とは同じ調剤薬局で働いていた友人です。恋愛関係にはないので、誤解なきようにお願いします」

宇月はちらりと爽太の顔を見る。

「あら、そうなの。お似合いに見えるけど」

「そう見えるのは、お互いに隠し事なく話ができる友人だからだと思います。出会ったとき、僕たちは心の中にそれぞれの悩みを抱えていました。たまたまですが、それを打ち明けあう機会があって、それをきっかけに自分の姿を省みるようになったんです。悩みを他人に打ち明けることで心が楽になることは、精神医学的にも認められていますから」

「……あなた、何を知っているの？　何が目的でここに来たの？」

何かに耐え切れなくなったように麻由美が宇月を見た。

「何が目的かと言われたら、冶葛をこの目で見たかったからということになりますね。日本には自生していない貴重な植物で、国内では薬用植物園以外で栽培している例を知りませんでしたから」

麻由美は返事をしなかった。

「あなたのSNSを見たときは驚きました。この庭にはとにかく毒草が多すぎます。ストロファンツスまであることですし、あれが冶葛である可能性は高いと思いました」

「正確にはストロファンツス・グラーツスね」

麻由美は硬い声で言い返す。

「そうでしたね。ストロファンツス・グラーツス。種子に毒を含んでいて、血管に入るとサイやゾウのような動物も殺します。原住民は矢毒として使用していたそうですが、現在ではGストロファンチンという、獣医学領域で使われる薬の原料にもなっています」

宇月の言葉に麻由美は反応しない。二人の間の空気が張りつめていくのを感じて、「サイやゾウを倒す毒が薬になるんですか」と爽太は思わず口をはさんだ。

「矢毒を原料にした薬は様々な地域で創成されています。トリカブトもそうですし、南米のクラーレという毒を基にして筋弛緩剤が発明されています。毒は人を苦しめ殺しますが、量を調整すれば癒しと安息を与える薬にもなるんです。この世に薬というものはない。すべてが毒であり、それを薬とするのは量の問題だ――まさにこの言葉の通りです」

「そんな講釈は聞きたくないわ。本当のことを言いなさいよ。あなたはどうしてここに来たの？」

宇月の言葉に、麻由美が強く言い返した。

「嘘は言いません。第一の目的は本当にそれです」

「じゃあ、第二の目的は何なのよ」

「それはあなたと話をすることです」

「話って何よ。何の話をしたいって言うのよ」

「そうですね。たとえばお父さんの話とかはどうでしょう」

「赤の他人にするような話は何もないわよ」

「赤の他人だからこそ、しやすい話もありますよ」

「あなたに何がわかるっていうのよ」

「たとえばですが、あなたのお父さんと前の旦那さんが糖尿病を患っていたことを僕たちは知っています。お父さんが合併症を発症して、車椅子の使用を余儀なくされていたことも」

麻由美の顔に驚きと不安の表情が現れる。

「なんでそんなことがわかるのよ」

「これは僕ではなく、毒島さんが発見したことなのですが……」

さきほど毒島さんが説明したことを宇月は淡々と口にした。ワゴンに置いてあったワインのフルボトルのこと、壁や家具の低い位置に古い傷があること、家屋に比較してウッドデッキが新しいこと、その床に轍のような跡がついていること。

後の二つはパーティーの終盤に毒島さんから聞いたのだろう。

「前の旦那さんと知り合った事情はわかりませんが、馬場さんとは糖尿病を患っていることを承知で交際をはじめたそうですね。逆の見方をすれば、馬場さんが糖尿病を患っていたから結婚相手に選んだとも考えられるのです」

「私が二人を殺して、次に文明さんを殺そうとしているって言いたいの？」

自分はそれを疑っていた、と爽太は思った。

「さっきも言いましたが、僕はそんなことは思っていません」

しかし宇月は再び否定した。

「もしそうだったのなら、あなたは治葛の写真をSNSに投稿したりしないでしょう。このホームパーティーも同様です。そんなことを企んでいるならわざわざ友人知人を呼ぶことはない。内緒でこっそりことを進めればいいだけの話です」

「それがわかっているなら、どうして私を呼び出したのよ」

麻由美はポケットからメモを取り出し、テーブルに置いた。

『パーティーが終わったら内密にお話がしたいです　宇月』

「こんなメモを寄こした目的は何なのよ」

「一言でいえばあなたが心配だったんです。パーティーの途中、僕が治葛のことを口にしたとき、あなたの顔から一瞬表情が消えました。僕はその顔に見覚えがあった。タリウムの入った紅茶を飲まされたとき、彼女がやはりそんな目で僕を見つめていました」

「やっぱり私が誰かを毒殺することを心配しているんじゃないの」

麻由美は嘲笑ったが、宇月は大きくかぶりをふった。

「違います。僕はあなたが自死しないかを心配しているんです」

「自死って、何を根拠にそんなことを言うのよ」

「根拠はこの庭です。毒性のある植物がとにかく多すぎます。毒のある植物を必要とする人間は三種類います。誰かを殺したい人間か、研究者か、あるいは自死志願者です。あなたは最初の二つではなさそうです。ならば残された選択肢はひとつしかない」

「とってつけたようなことを言わないでよ。私には自死する理由なんてないわ」

「理由については僕は何とも言えません。でもあなたの瞳の奥には、深い憂慮の色があるのがわかります。婚約披露パーティーを聞いた女性の目が、どうしてそこまで暗く沈んでいるのか、僕はそれが気になります」

宇月の言葉が終わっても、麻由美は何も言おうとしなかった。空を仰ぐと、大きく息を吐いて、

「どうしてそんなことがわかるのよ」とつぶやいた。

「それは僕も同じことを考えたからですよ。どんなに頑張っても結果が出ないとき、人は疲れ果てて、もういいやと思うことがあるものです」

「何よ。何でもわかったような顔をして」

麻由美はテーブルに手を置き、指で神経質そうにとんとんと叩いた。

「本当に話を聞いてくれるの？」

麻由美は言った。これまでとは違う穏やかな声だった。

「いいですよ」

「……じゃあ、私たちは席を外しましょうか」

毒島さんが言って、爽太も腰を浮かしかけた。

「別にいいわよ。ここまでいたんだから最後までいなさいよ」

「いいんですか」

「いいわよ。毒を食らわば皿までって言うじゃない」麻由美は口元に皮肉めいた笑みを浮かべた。

「そこまで重大な話じゃないから安心していいわ。はたからしたらどこかで聞いたようなありふれた話だもの。たしかに私の心にあるのは父のことよ。父はとてもいい人よ。一代で財産を築いて、一人娘に一生働かなくても生活していけるだけの資産を残してくれたんだから。一年中仕事で海外を飛びまわって、一緒に遊んでもらったり、出かけたという記憶はほとんどないけれど、小学校から大学までエスカレーター式の学校に行かせてもらって、卒業後は就職先の世話までしてくれた。順調にいけば、きっと結婚相手も探してくれたと思うわ」

しかしそうはならなかった。母親が倒れたからだ。

「乳癌だったの。発見したときはかなり進行していて、手術を三回して、未認可の抗癌剤を使ったりもしたけれど、結局助かることはなかったわ」

未認可の治療薬は当時かなり高額だったそうだ。母親の世話をするために麻由美は仕事をやめて、治療費と生活費を稼ぐために父は前以上に仕事に打ち込んだ。しかしそれがさらに父娘二人の運命を悪くした。父が糖尿病を患って、しかし重大に考えることなく放置したために、気づいたときには合併症を発症するほどに悪化していたのだ。

「とにかくお酒が好きな人だったのよ。体質的にいくらでも飲めて、さらに海外に行くと、現地の人と暴飲暴食を繰り返すことが多かったみたい。酒を酌み交わして、そのつながりで仕事を得ることが父のやり方だったのね。温室に珍しい植物がたくさんあるのも、そういう方法で入手したからだと言っていた。体調が悪くなっても酒を飲めば治ると言って、家にいても酒を切らすことはなかったわ」

糖尿病は自覚症状がないままに進行する。母が亡くなった後に脳梗塞で倒れて、そのときの検査で合併症を発症していたことがわかったのだ。

「父は独善的な人だったから、医者のいうことに従おうとしないわけ。生活改善をしないから、合併症もどんどん進行して、結局は右足の膝から下と左足の指、左手の指三本を切断するようなことになったのよ」

脳梗塞の影響もあって、車椅子なしでは移動できない身体になった。一年のうち三百日を海外で過ごしていたような人が、一人でベッドから起き上がることもままならない生活を強いられることになったのだ。そのストレスたるや、余人には想像できないものがあったらしい。

「最初のうちこそ、俺は絶対によくなる、また海外に行くんだ、とリハビリも頑張ってやっていた。庭がよく見えるリビングの窓際に介護ベッドを設置して、工務店を呼んでこのウッドデッキも作ったわ。自分の足で歩いて、庭に出ることを目標にリハビリに励んでいたわけね。でも食事制限をして、お酒も控えているのに、体調はよくなることがなかったの。そうしているうちに視力も落ちて、失明するかもしれないという危機に見舞われた。そんな生活が続くと、次第に塞ぎ込むようになって、次には私に当たるようになったのよ。お前が俺の体調に気を配って、もっと早く対処していれば、ここまで悪くなることはなかったはずだ。俺がこんな体になったのはお前のせいだ。よくなる方法をお前が考えろ、俺の体を治す義務がお前にはある、と朝な夕なに怒鳴られるようになった」

物を投げつけられたり、作った食事をひっくり返されたこともあったそうだ。それでも父の介護をやめるわけにはいかない。それまでいた家政婦は父の態度に辟易(へきえき)してやめていた。すべてを麻由美が担わなければならなかった。そんな状態にあって十年以上、彼女は父の介護を続けたのだ。

「全部一人でやったのですか。お父さまはたぶん要介護の状態でしたから、ケアマネジャーやヘルパーを頼むとかもできたはずですが」

毒島さんが訊いたが、麻由美はゆっくりと首をふった。

「その頃になると、他人が家に入ることを父が許さなくなっていたの」

俺が死んだらお前がこの家と財産のすべてを受け継ぐんだ。だからそれまではお前が責任もって俺の面倒をみろ。それができないなら遺産はお前に渡さない。慈善団体にすべて寄付する。

父親はそんなことを言うようになっていたそうだ。

「はっきりしないけれど、たぶんどこかで認知症も発症していたんだと思う。物忘れが多くなって、ベトナムで取引相手が待っているからと航空券を取るように言ったり、私を母と間違えて抱きしめようともしてきたわ。それからテレビや新聞広告で見た体にいいという健康食品やサプリメントを見ては、あれを買え、これを買え、と命令してくるようにもなった。一度飲んだだけで飽きたり、忘れてしまったり、あるいは買ったことを忘れてしまったりしたから、私も面倒になって、空き瓶にビタミン剤をつめて渡したりもしていたけれど。亡くなる直前に至っては、私の気持ちを慮るということがほとんどできなくなっていた。それでもたまに正気に戻るのか、ドキッとしたことを言うことがあって——」

麻由美、俺はもうダメだ。母さんのところに行きたい。明日の朝、食事にあの植物の葉っぱを入れてくれ。ほら、あれだよ、あれ。葉っぱ三枚で人を殺せるという、あのベトナムの毒草だ。

「冶葛のことですね」

　宇月の言葉に麻由美はこくりと頷いた。

「父が自分で動けなくなってから、庭と温室の手入れも私の役割になっていた。植えられているのがどういう草木で、どういう成分が含まれていて、どういう世話をすればいいかをすべて教えられていた。だからそれがゲルセミウム・エレガンスだとすぐにわかったわ」

「でも、あなたはそうしなかったんでしょう」

「さあ、どうだったかしら」

宇月の言葉に麻由美はうすく笑った。

「さっきはしていないと言いましたよね」

「そうね。故意にはしてないわ」

麻由美は腕組みをして、足を組んだ。そして背もたれに体を預けて、大きく息を吸った。

「……覚えていないの。そんなことを口走った数日後に父は亡くなったわ。死因は心筋梗塞。意識を失くして病院に運ばれて、そこでそのまま亡くなった。医師が問題を指摘しなかったんだから、私は何もしてないいんだと思う。でもはっきりそうだと言える確証がないの。だって記憶がないんだから。その頃の私はいつ果てるともなく続く介護生活に心の底からうんざりしていた。外出もできずに、父の世話だけが続く毎日に疲れ切っていた。だから炊事も洗濯も入浴もトイレの世話も庭の手入れも、何も考えずにただ機械的にしていたの。だから父に言われて、そうしなかったという自信が私にはないの……」

当時、父親の朝食はオートミールとヨーグルト、果物、コーヒーと決まっていたそうだ。

「あの日、父は普通に朝食を食べて、食後には糖尿病の薬を服用したわ。その後にまた眠ったようなので、汚れ物の片付けと洗濯と掃除をした。父の様子は時折窺っていたけれど、特に問題はなさそうだった。でも一時間ほどして部屋を覗くと、父はベッドから落ちて床に倒れていた」

すぐに救急車を呼んだがダメだったそうだ。

「父が亡くなった後、もしかしたら無意識のうちに、私があの葉っぱを食事に入れたのかもしれないと思うようになった。朝起きたら、まず温室に行ってなかの温度と湿度を確認するのが日課になっていたからよ。そのときにあの植物の葉っぱを千切って、ポケットに入れて、それを食事に混入したのかもしれない」

「病院で医師が死亡診断書を書いたんですよね。それなら問題はなかったと思います。異常が認められれば警察に連絡が行って、大学病院で司法解剖されるはずですから」

宇月は言葉を選ぶように言ったが、麻由美は首を横にふった。

「ゲルセミウム・エレガンスは日本にはほとんどない植物なのよ。それなら見逃された可能性だってあるんじゃないかしら」

突然の父親の死によって、麻由美の介護生活は終わりを迎えた。静かな日々がやってきた。使い切れないほどのお金があり、しなければいけないことは何もない。ようやく手に入れた自由な日々だった。しかしそうなって麻由美は愕然(がくぜん)とした。やりたいことが何もないのだ。

「十数年の間、両親の介護にすべての力を注いできたのよ。その二人がいなくなって、自分にはお金以外に何もないことに気がついた。友達もいないし、やりたいこともない。考えようによっては、それまで以上に辛い時間がそこにはあった。何もない時間がただ延々と続くだけ。それでも何とかなったのは福沢(ふくざわ)がいたお陰」

福沢とは父親の下で働いていた人だった。秘書的な役割をこなして、麻由美が若いときには何度かお茶をしたこともある。父が仕事をやめた後も気にかけて、何度か家に来てくれたことがあるそうで、父を訪ねてくれる唯一の外来者でもあった。

晩年は疎遠になっていたが、葬儀に駆けつけてくれたことをきっかけに、麻由美のもとに足しげく通うことになったそうだ。

「生真面目で、父の信頼が厚い人だった。私より五つ年上だけど、仕事にかまけて婚期を逃したとかで独身だったのね。結婚したきっかけは、そのときに勤めていた会社で健康診断を受けたら数値が悪くて、要再検査となったという話を聞いたこと」

緊張感のない彼の話しぶりに、どうしてすぐ病院に行かないの、と麻由美が怒って、その後も何やかやと世話を焼いたことが結婚につながったそうだ。

「今になって思えば、若かった頃の父の面影を重ねていたのかもしれないわ。この人に父と同じ思いをさせたくないと思ったのよ。でもどうして男の人って、自分の体に無関心でいられるのかしら。私が父のことを引き合いに出して、合併症の恐ろしさを説いても、ぴんときてないの。あれには本当に苛々したわ。最後は首に縄を付けるようにして病院に連れて行ったけど、自分のことなのにまるで他人事なのが理解できないわ」

麻由美は当時を思い出したかのように口を尖らせた。

「福沢は生真面目な性格だったけれど、健康面では本当にいい加減だった。病院にかかって糖尿病の薬をもらっても、飲み忘れて、私によく怒られていた。あの朝もそうだった。寝坊して、出かける間際になってから、朝飲むべき薬を、飲んだか飲んでいないか覚えてないと言い出して――」

麻由美が怒ると、その日に限って彼も機嫌が悪くて言い合いになったそうだ。

「あなたっていつもそうじゃない、自分のことなんだからもっとしっかりしてよねって言ったら、君はいつもそうやって怒ってばかりだ、もういい、自分のことは自分でやるから口を出さないでくれ、と言い返してきて」

麻由美が持っていた薬の袋をひったくるように取り上げたそうだ。自分で飲む、だから君はもう心配しなくていい、と言い捨てて家を出て行った。そして三十分後、駅のホームから転落して、入ってきた電車にはねられて亡くなった。

「酔っていたみたいだと近くにいた人が証言したそうよ。階段を走ってあがってきた直後によろめいて、そのままふらふらとホームから落ちたみたい」

「お酒は飲んでいなかったんですね」宇月が訊いた。

「もちろん飲んでないわ。前の夜も、朝出るときも。薬剤師なら私が言いたいことはわかるでしょう。私があの朝、余計なことを言わなかったら、彼は事故に遭うこともなかったのよ。彼が死んだのは私のせい。私が余計なことをしたから彼は死んだのよ」

麻由美は感情を抑えるように口元を歪めた。そのまま言葉が途切れたが、宇月も毒島さんも何も言わない。沈黙が重かった。爽太は思い切って口を開いた。

「……不幸な事故だったとは思いますが、でも喧嘩くらい誰にでもあることですし、麻由美さんがことさら責任を感じることはないと思いますが」

出しなに喧嘩をした後で家族が事故に遭って亡くなった。それはたしかに辛い経験だ。喧嘩をしなければ事故に遭わなかったかもしれない、と考えるのは当然のことだろう。しかし必要以上に重く心に留めても仕方ない。どこかで割り切って、切り替える必要があるはずだ。そういった言葉を続けようとした爽太を麻由美が鋭く遮った。

「そうじゃないのよ」

そうじゃない――?

「……麻由美さんが言いたいのは、たぶん薬の過剰摂取による低血糖症のことでしょう」

毒島さんが静かに言った。

「すでに飲んでいたのに、飲み忘れたと勘違いして二重に血糖値をさげる薬を服用した。そのために福沢さんは低血糖症を起こしたのだろうと考えているのです。脳内のブドウ糖が枯渇すると、意識がもうろうとなって、最悪の場合は昏睡に陥ります。福沢さんの場合はそこまでひどくなかったようですが、しかし運が悪いことに駅のホームでその症状が出てしまった」

麻由美の心中を察してか、毒島さんの声は抑え気味だった。

「朝食も毎朝ちゃんと摂るように言っていたのよ。でも寝坊してその日はコーヒー一杯だけだった」

麻由美は遠くに目をやった。

「もっていた薬は事故に紛れてなくなったわ。だから飲み間違えたのか、間違えていないのか、後から確かめるすべはなかったの」

父親と前夫が糖尿病を原因とした病気や事故で亡くなった。それぞれの死に責任があるのではないかという疑念を抱きつつ、確かめるすべもないままに麻由美は生きてきたということか。

「だけどそれだって麻由美さんの責任だとは言い切れないですよ。不幸な偶然が重なっただけで、それを責める人もいないわけですし……」

爽太は何とか麻由美を励まそうとした。しかし麻由美はゆっくりと首をふる。

「責める人はいるわ。自分自身よ。もう一人の私がいつも自分を責めている」

「……訊きづらいことですが、馬場さんとの婚約もそのためですか」

今度は宇月が質問をした。

「糖尿病が要因で二人の家族を亡くしたのに、また糖尿病の馬場さんと婚約した。どうしてそんなことをするのか、その理由を教えてもらうことはできますか」

「あなたなら言わなくてもわかるんじゃないの」

「想像はできますが、根拠がありません」

「いいわよ。気にしないから言ってみなさいよ」

「心情的なことで言えば、お父さんと福沢さんに対する復讐、もしくは罪滅ぼしということでしょうか。あなたは馬場さんと結婚して、薬やサプリメント、健康食品がどれだけ効果があるのか確かめようとした。お父さんに対する恨みつらみが強ければ前者ですし、感謝や慚愧(ざんぎ)の念が強ければ後者になります。あなたの心の天秤次第なので、僕にはどちらとも言い切ることはできません」

麻由美が答えないので、宇月は言葉を続けた。

「魔法の水を馬場さんに飲ませているそうですね。効果があると思っているんですか」

「もちろんよ。でなければ飲ませたりしないわよ」

「それならば理由は後者ということになりますね」

「私の言葉を信じるの？」

「信じますよ。話をして、あなたが狂信的でも、愚かでもないことはわかりましたから」

「ずいぶん偉そうな口ぶりね。でもいいわ、教えてあげる。私が文明さんと結婚したのは、自分の行動が間違いだったかどうかを確かめるためよ。糖尿病にいいとされるサプリメントも健康食品も、これまではずっと信じていなかった。そんなもので良くなるならこれだけ病気で苦しむ人はいないと思っていたから、父からあれを買え、これを買えと命令されても、処方薬以外は適当にビタミン剤やただの水を与えていたわ。あの魔法の水も、もとは父が見つけてきたものよ。知り合いから聞いた特効薬で、持続して飲めばどんな病気でも治るというのが売り文句だった。でも私は心の中では笑っていた。そんなもの飲んでも効果はないと思って、買ったふりだけして、ずっと水道水を与え続けてきた。そんなことはずっと忘れていたけど、最近になってその話をネットで見つけたの。新陳代謝を促して、感染予防に効果があるとアメリカの医者がSNSで動画配信していたわ」

南極の地下からくみ上げた深層水で、癌やアトピー、糖尿病などにも予防効果があると宣伝していたそうだ。

「それを見たときに私は震えたわ。それを飲ませていれば糖尿病は治ったのかもしれないと思ったから」

父親を殺したのは自分だという不安が二重に心にとり憑いたのだ。そんなときにある考えが浮かんだ。糖尿病の独身男性を探せばいい。結婚を前提にして、交際中から魔法の水を飲むように奨めれば、効果があるかないかの検証ができるだろう。

「冷静に考えれば人体実験にしか思えない。でもそういうことを省みる余裕はなかったわ。あのときはそうしないではいられなかった。それを確かめないことには心の平穏が得られなかったの」

そういう理由で馬場さんが選ばれたのか。婚約したんだ、と居酒屋で打ち明けたときの馬場さんの嬉しそうな顔が思い浮かんで、爽太は胸の奥に痛みを感じた。

「でも誤解しないで。結婚を決めたのはそれだけが目的ではなかったわ。文明さんはとてもいい人で、一緒にいて楽しかった。だから魔法の水の結果に関わらずに、うまくやっていけると思っていた」

「それなら婚約はそのままということですか」

爽太はほっとしかけたが、麻由美の顔色は晴れなかった。

「そうであればよかったんだけど……。一緒にいるときは楽しいわ。でも一人になるとまた悲しくなって……。文明さんは自分の世界をもっている。趣味も多いし、友達や知り合いもたくさんいる。それが今日のパーティーでよくわかったわ。彼の周りにはすぐに人の輪ができて、楽しそうな笑い声があがっている。それに引き替えて私はどう？　独りぼっちよ。今日のパーティーだってそう。彼の友達と知り合いばかりだったでしょう。文明さんには適当な理由を言ったけれど、私には誰も呼ぶ友達がいなかったのよ」

　麻由美の言いたいことはなんとなくわかる。たしかに馬場さんのまわりには人が集まる。一緒にいれば、その人となりを羨ましく思うこともあるだろう。

「二人で話をしていてもそれは同じなの。色々な面白い話を彼はしてくれる。でも私は話すことが何もない。だっていつも家にいるだけだから。読んだ本や聴いた音楽の話ができればいいけれど、趣味が違うようで、文明さんは私の話にあまり興味を示さない。それが寂しくて、自分にどんどん自信がなくなってきて……」

　それで何もかもが嫌になっていたところなの、と麻由美は寂し気につぶやいた。

「この世界から消えてなくなってしまいたいと思っている。あなたの見立ては当たっている。冶葛のことを指摘されたとき、もうこれで終わりにしてもいいと思ったの。この世界の何もかもが嫌になってきた。だから文明さんを飲みに行かせたのよ。最後にあなたに会って、それで終わりにしようと思っていた」

　麻由美は大きく首をふった。感情が高ぶっているのか、今にも泣きだしそうだった。

「嫌になった一番大きな理由はなんですか。お父さまのことですか。それとも福沢さんのことですか」

宇月が黙っているので、毒島さんが麻由美に質問した。

「いま話したすべてのことよ。とにかく何もかもが嫌なのよ」

「……そうですね。ではそのうちのひとつか二つが解決したら、少しは元気になることができますか」

「そんなのは無理よ。私は生きている価値がない女なのよ」

涙ぐんでいた麻由美はハンカチを出して洟をすすった。

「生きている価値がない人なんていませんよ」

「ここにいるわ」

「でも、お父さまと福沢さんを死に追いやったというのは誤解ですよ。お二人の死にあなたの行動は関係ありません」

「やめてよ。適当なことを言わないで」麻由美は毒島さんをにらんだ。

「適当ではありません。根拠があります」

麻由美の声を抑えるように毒島さんは言った。

「冶葛のことは、先ほど宇月さんから話を聞きました。葉っぱ三枚で人を殺すほどの猛毒があり、水と一緒に服用すると毒がまわるのが早く、生の葉は苦いが、乾燥させると味がなくなるという話でした。お父さまが倒れた日の朝、麻由美さんは温室で冶葛の葉を無意識に千切って、それを朝食に混入したかもしれないと思っているのですよね。たしか朝食のメニューはオートミールとヨーグルト、果物、コーヒーとのこと。そこに味の濃いメニューはありません。もしも苦い若葉が混入していたなら、お父さまが吐き出さないはずがありません。食後には糖尿病の薬を飲んだとも言われましたが、高齢で介護ベッドを使っていたなら、喉の筋肉も衰えていたことでしょう。水なしで薬を飲むことは難しいと思われます。当然水と一緒に飲んだはずですが、お父さまが倒れていることにあなたが気づいたのは一時間以上が経った後。そういったことを考え合わせると、お父さまの死と冶葛は無関係だと思います」

麻由美は呆然とした顔をして、

「……でも、福沢は」とつぶやいた。

「福沢さんは薬袋をひったくるようにして、家を出たという話でしたよね。夫婦喧嘩をして興奮している人の常として、家を出てその場ですぐに薬を飲むでしょうか。その日は寝坊したということでしたし、急いでいたならまず会社に行くことを優先したはずです。駅のトイレで飲んだ可能性はありますが、薬は飲んですぐに効くということはありません。腸内で吸収されて、血管で体をめぐり、目的箇所の受容体に作用するという一連の流れがあって効果が出るのです。福沢さんが事故に遭ったのは、家を出て三十分後ということでした。普通に考えて効果が出るのが早すぎます。ホームに落ちた原因が低血糖によるものだとして、薬の過剰摂取が原因とは思えません。低血糖の他の要因としては空腹や激しい運動をした後があげられます。運動すると筋肉中の糖分(グリコーゲン)が枯渇して、それを補うために血液中の糖分が使用されて、血糖値がさがった状態になるのです」

福沢さんは走って階段をあがってきた直後に事故に遭った、それには寝坊して、あまり朝食を摂れなかったことも影響しているだろう、と毒島さんは言葉を続けた。

爽太は息を呑んだ。

「つまり薬の過剰摂取が原因ではなく、空腹と急激な運動が原因で低血糖を起こしたということですか」

「……そんな、でも、じゃあ、あれは」

麻由美は手で顔を覆って、大きく息を吸った。

「それなら……私は意味のない罪悪感を抱えて、ずっと生きていたということになるの？」

「意味がないとは思いません。罪悪感を覚えたのは、あなたがお二方に深い愛情を感じていたからでしょう。愛情の深さ故に抱いた罪悪感——それに意味があるかないかはこれからのあなたが決めることだと思います」

毒島さんの言葉が静かに響く。

「何なのよ。あなたたち。私がずっと気に病んでいたことを、たったこれだけの時間で解明するなんて」

日はすでに翳(かげ)って、まだ明るさの残る空には星がかすかに輝いていた。

「……いいえ。自業自得かしら。一人でずっと閉じこもっていたから、こういうことになったのね。誰かに相談していれば、もっと早く解決していたかもしれないことだった」

麻由美はぶるりと大きく肩を震わせた。

「ありがとう……というべきなんでしょうね」

「お礼なんかいりません。あなたが生きる力を取り戻してくれれば、それが何よりのことだと思います」毒島さんは当たり前のように言った。

「生きる力——私にあるかしら」

「誰にでもありますよ。人間、動物、あるいは植物にだって」と宇月が言った。

「でも生きていても楽しいことなんて何もないのよ。孤独な老嬢(オールドミス)として、この陰気な庭を見て一日を過ごす生活しか私にはない」

麻由美は自嘲(じちょう)的に言い捨てる。

「あの、馬場さんとの結婚はどうなるんですか」爽太は思い切って訊いてみた。

「……嫌いじゃないし、楽しい人だと思うわ。でもこの先一緒にいてもお互いにプラスになるとは思えない。ごめんなさい」

爽太はこっそりため息をついた。話の流れから、最終的にはそこに落ち着くだろうと予測はついた。しかし実際にその言葉を聞くと心が重くなる。

「文明さんには、あらためて私から話をするわ。だからそれまでは何も言わないでいてくれるかしら」

麻由美の言葉に爽太は頷いた。

「もちろんです。ここで話したことは何も言いません」

言葉が途切れて、居心地の悪い沈黙が場を支配した。

「……ひとつ思ったのですが」

宇月がおずおずと口にする。

「あなたの抱えた問題を解決するには、この家を出る必要があると思います」

「そんなことを言われてもどうにもならないわ。私が生きられる場所はここしかないもの。母が癌で倒れてから、ずっと外の世界と隔絶されて生きてきたのよ。ここから出ても、何をどうすればいいかまるでわからない。私は温室の中の熱帯植物と一緒よ。暖房がなければ冬は越せない。寒さにやられて枯れるだけ」

「それは思い込みです。植物は我々が思っているより屈強です。熱帯原産でありながら温帯に根を張った植物はいくらでもあります」

「それはたしかにあるでしょうね。でも私は違う。他の場所で生活するなんて考えられないわ」

「では、旅行はどうです。短い期間でもいいから、外に出てみることをしてみませんか」

「行きたいところなんてどこにもないわ」

麻由美は頑(かたく)なだった。しかし宇月もあきらめない。

「ガーデニングが趣味なんですよね。これだけの庭と温室を維持しているのだから、こういった植物を野生の状態で見たいとは思いませんか」

「ベトナムとかタイに行ってみたいとは思っていたわ。父が何に魅了されたのか、それに興味があったから。でも女一人で海外に行くだけの度胸はないわ」

「それなら宮古島(みやこじま)や西表島(いりおもてじま)、あるいは屋久島(やくしま)はどうですか。そこにしかない独特の植生が見られますよ」

「興味はあるわね。でも一人で行くのはどうかしら。自然の中で自分の小ささを思い知ることで、かえって消え去りたいって気持ちが強くなるかもしれないし」

　爽太はなんとなく富士山の樹海を思い浮かべた。麻由美の言葉を覆すのは難しそうだった。

「私のために色々と考えてくれてありがとう。でももういいの。私のことは放っておいて。私は一人で生きていくから」

さあ、そろそろ終わりにしましょう。私は後片付けをするから、あなたたちは引き揚げてちょうだい、と腰を浮かしかけた麻由美を、宇月が制した。

「……僕と一緒に屋久島に行きませんか」

麻由美はぽかんとした顔をした。

「どういうこと？」

「僕は屋久島に行ったことがあります。森に入るにはガイドをつける必要がありますが、そうでなければ色々と案内することができると思います」

「そういうことじゃなくて、どういう理由で私を誘うの？　同情でそんなことを言われても嬉しくはないわ」

麻由美に拒絶されて、宇月は困ったように頭を掻いた。

「率直に言えば、あなたともっと話をしたい、友達になりたいと思ったんです。庭や温室を見れば、あなたがここにある草木に深い愛情を抱いていることがわかります。お父上から知識を受け継いで、ベトナムやタイの話も色々と聞いたことでしょう。僕はそれに興味があるんです」

「それならわざわざ旅行に行くことはないじゃない。あなたがあらためてここに来ればいいだけよ。そういう話でいいなら、いくらでもしてあげる」

「でも、それではあなたの神経がもたないのではないですか。ここはあなたにとって、砦（とりで）であると同時に監獄です。あなたはここを出て外の世界を見る経験をした方がいい。そのために友達として一緒に旅行をしたいと思うのです」

「そんなのは無理よ。文明さんと婚約解消をしようって考えているのよ。その直後に男の人と旅行に行くなんて、そんなことはできないわ」

「確かにそうですね。軽率なことを言ってすいません。でもすぐには無理でも、いつかは考えてもらえませんか。僕がなぜそんなことを言ったのか、麻由美さんに過去の話をさせてしまったお詫びとして、僕も自分の抱えている問題を話します」

　毒島さんが、はっとしたように宇月を見た。しかし宇月は気にすることなく言葉を続けた。

「過去にタリウムを飲まされて手足などが麻痺したと言いましたよね。手足以外に麻痺したのが、実は男性としての機能だったんです。様々な治療を受けましたが治りませんでした。今でこそ割り切っていますが、当時は絶望的な気分にもなりました。男としての自己存在理由（レーゾンデートル）を失った気がして、それこそ自死を考えたこともありました」

　自死をしなかったのは、薬学部に在籍していたから。化学成分が体の機能に働きかける機序についての知識があったため、それを突きつめれば機能を回復させる方法があるのではないかと期待をもったのだ。

「西洋医学のみならず、漢方医学、中医学、その他の民間療法も広く勉強しました。

ＥＤ治療薬であるシルデナフィル、タダラフィル、バルデナフィルはもちろん、シトルリン、アルギニン、マカ、亜鉛、牡蠣が入ったサプリメント、健康食品、さらにはもっと怪しげな成分が入ったものまで片っ端から試しました。サプリメントや健康食品のことをよく知っていますね、と水尾くんに感心されたことがありましたが、何のことはない、自分が同じ経験をしたことがあったのです。患者さんのために勉強したのではなくて、自分のために勉強したことを他人に伝えただけなんです」

宇月は苦笑いをして言葉を切った。すると助け舟を出すように毒島さんが喋り出した。

「私と会った頃の宇月さんは、世界中の不幸をその身に背負ったような顔をしていました。でも仕事には熱心で、薬の知識はもちろん、漢方や民間医療にもくわしかったです。ホメオパシーにはまっている女性の患者さんがいて、処方薬は嫌いだ、と騒いで私が困っていたときも、宇月さんがうまく収めてくれました。知識が豊富で、患者さんのどんな質問にも答えようとする姿勢を尊敬しました。いまの私があるのは、あのときの宇月さんのお陰だと思っています」

「それは僕の台詞ですよ。僕が立ち直れたのは彼女のお陰です。あのとき、あのタイミングで彼女に会えて、色々な話をしたことが、その後の立ち直りに役立ちました」

「私は特別なことはしていないです」

毒島さんは戸惑ったように言ったが、宇月は首をふる。

「毒島さんが具体的に何かを言ったとか、したということじゃないんです。同じ時間を共有して、一緒に話をしたことが重要なんです。あのときのことを思い出し、記憶の中で噛みしめることで僕は自分の心を立て直しました。いまの僕は自分に大きな不安を感じてはいません。もちろん完全に納得はしていません。でも今の自分を受け入れるしかないと思っています。あのとき恋人が僕を殺そうとしたのか、それとも罰を与えようとしたのか、その真意はわかりません。そこまでのことを彼女にさせた自分の仕打ちを深く悔いることもあります。でも必要以上に自分を卑下することはしたくない。そして彼女にしてあげられなかったこと、できなかったことを他の誰かにしてあげたいとも思うんです。それが今の自分にできる唯一のことだからです」

宇月は、毒島さんに向けていた目を麻由美に向けた。

「今のあなたに必要なのは話をする相手です。まずは外の世界に出て友人や仲間を作りませんか。そうすればその中から夫にふさわしい人と出会えるかもしれませんよ」

宇月はにっこりと微笑んだ。

「もう一度言いますが、僕と屋久島に行きませんか。とてもいいところですよ」

「……それは友人として、ということね。あなたの言いたいことはわかったわ。返事をする前に確認したいんだけど、あなたは自分の体と心に折り合いはつけられたの？」

「とりあえずはつきました。百パーセント納得しているわけではないですが、いまの自分に満足はしています。それを失ったことで世界に対して、別の見方ができるようになりました。少なくともそれが自分のレーゾンデートルだと思うことはありません。男という砦を失って寂しい気もしますが、男という檻（おり）から解き放たれて自由になった――そんな思いを感じています」

「そこまでいくにはずいぶん葛藤もあったんでしょうね。一緒に旅行に行くと言ったら、その話をしてくれるかしら」

「もちろんですよ。でも僕の話を全部するには二泊や三泊では足りないと思いますが」

気がつくと夜の帳（とばり）が降りていた。一陣の風が吹きつけて、庭の草木をざわざわと揺らした。

「風が出てきたわね。中に入りましょうか。紅茶をいれ直すわ」と麻由美が声を出した。

「薬剤師って聞いたときは警戒したけれど、あなたたちはとてもユニークね」

リビングに通じるサッシ窓をあけながら麻由美は笑った。はじめて見る自然な笑顔だった。

「警戒したって、薬剤師に嫌な記憶でもあるんですか」

「特に嫌なことがあったわけじゃないけれど、なんだか妙に澄（す）まして、ツンとして見えるじゃない。それに小説の中に出てくる薬剤師に嫌なイメージがあって――」

　爽太たちをソファに座らせてから、麻由美はキッチンでお茶の支度をはじめた。

「嫌なイメージの薬剤師が出てくる小説って何でしょうか」

　毒島さんが首をかしげる。

「僕の知っている限りではあれですね。ヨーロッパ近代小説の代表作、世界十大小説のひとつとされるあの小説です」と宇月が笑った。

「わかるんですか」

　爽太は宇月に目を向けた。そんなことまで知っているのか、この人は。

「メンタルの平穏を求めて、小説や哲学を読み漁った時期があったんです。その勢いで世界の名作といわれる文学作品も一通り読みました。一番心に残っているのはカフカの『変身』ですが、麻由美さんの言った小説も別の意味で覚えていたんです」

「なんですか。それは」

「フローベールの『ボヴァリー夫人』です。田舎町に住む若い女性エンマが、年上の平凡な医師と結婚したものの、華やかな生活に憧れて、破滅していく物語です。当時の世相には刺激的すぎて、風紀紊乱(びんらん)のかどでフローベールは告訴もされました。そこにオメーという薬剤師が出てくるんです。俗物の代表のような男で、自分の成功のために主人公のエンマと夫のシャルルを惑わして、二人が破滅する原因を作るんです」

その題名は知っていた。大学の教養課程で西洋文学史の講義を取ったことを思い出す。写実主義の傑作だと担当教授がほめていた。でも、そんな昔のイメージで嫌われたら薬剤師も立つ瀬はないと思いますけど」

「たしか十九世紀の作品ですよね。でも麻由美さんも本気で言ったわけではないのでしょう」と宇月は笑った。

「当時の風俗を知る資料としても文学作品は面白いんですよ。ありふれた田舎町が舞台だけれど、当時のフランスでは、すでに医薬分業制がそこまで普及していたとわかります。それもそのはず、ヨーロッパにおける医薬分業は十三世紀、神聖ローマ帝国のフリードリッヒ二世がはじめているんです」

「自身が毒殺されることを恐れて、主治医の処方薬を別の者にチェックさせたのがはじまりとされていますね」と毒島さんも口をはさむ。

「大学の薬学部の講義でその話は出ますからね。翻(ひるがえ)って日本では医師が薬を処方する中医学の影響が強く、西洋医学が主流になっても医師が調剤をする流れは変わらなかったようです。ヨーロッパの医療に倣おうと、明治時代には医薬分業を導入したけれど、世間に浸透はしなかった。いまのような医薬分業制が施行されてから、実はまだ何十年と経っていないんです」

麻由美が紅茶のセットをもって戻ってくるまで、宇月の話は続いた。

7

八月の半ば、宇月と麻由美は屋久島に飛び立った。

一週間の予定だと言っていたが、十日を過ぎてもまだ帰ってこない。天然記念物の屋久杉の下で撮ったという写真が、爽太と毒島さんのＳＮＳに送られてきた。ツアーのガイドとメンバー、七人ほどで撮った写真だ。宇月と並んだ麻由美は少女のような屈託のない笑顔を見せている。

宇月と話をした後の麻由美の行動は早かった。

翌日には馬場さんに話をして婚約を破棄して、旅行に行くための準備を整えた。タイマーで天窓の開閉と水やりを行う装置を取りつけたのだ。

婚約破棄は、馬場さんに強いショックを与えたようだ。麻由美から話をされた翌日には、土気色の顔で仕事に現れて、まわりをひどく驚かせた。話を聞いたみなは口々に麻由美を自分勝手で傲慢（ごうまん）だと非難した。事情を知らなければ当然だ。爽太は何も言わず黙って聞いていた。

誰もが馬場さんに同情したが、馬場さんの立ち直りは思った以上に早かった。

「やっぱり彼女と俺は不釣り合いだったよな。これは深い傷を負わないうちに別れろという神様の差配かもしれないなあ」

数日後には、けろりとした顔でそんな台詞を口にした。実はホームパーティーの後の飲み会で、友人たちに心配されていたそうだった。

生活レベルが合わないんじゃないか、健康面をきっちり管理されて我慢できるのか、女性の家に同居して肩身の狭い思いをするんじゃないか、結婚したらおおっぴらに酒を飲むこともギャンブルに行くこともできないぞ。

口々にネガティブな意見を言われて心が揺らいでいたらしいのだ。

「冷静になって考えれば、たしかに不釣り合いだったよな。でもあのときはそんなことを思う余裕もなかった。一回りも年下の素性のいい美人と知り合って、すっかり舞い上がっていたんだよ」

「もしかして財産目当ての婚約だったんですか」

爽太が意地の悪い質問をすると、いやいや、と馬場さんは手を振った。

「金よりも趣味だな。彼女の夢見る文学少女っぽいところがよかったんだよ。学生時代を思い出すというか、当時好きだった女の子に雰囲気が似ていた。それで我を忘れて無理をしたわけだ。小説やクラシックの話は、聞いても半分ほどしかわからなかった。彼女もそれに気づいたんだろう。無理をしているのに気づかれたんだ。やっぱり高嶺の花だったんだよ」

麻由美がどういう理由で別れを告げたのか、馬場さんは口にしなかった。ただダメになったと言っただけだ。もちろん爽太もそれ以上は聞かなかった。

そして宇月もホテルをチェックアウトして出て行った。

「もしかしたら、もう戻ってこないかもしれませんね」と毒島さんは口にした。

「糸の切れた凧（たこ）みたいに、ふらふらとどこにでも行ってしまう人ですし、東京で仕事を探すと言ったものの、希望に合うところがないようでしたから」

「寂しいですか」と訊いてみる。

「それはないです」と毒島さんは笑った。

「あんな感じの人なのでずっと近くにいると疲れます。久しぶりに会ったというのに、一ヶ月ばかりの間に色々とお願いをされました」

新宿のホテルと今回の一件だ。

「すいません。もとはと言えば、僕が宇月さんに相談したことがきっかけです」

「それはいいんです。色んなことに首を突っ込むのは、あの人の趣味のようなものなので。自分が苦しんだ分、同じように問題を抱え込んで苦しむ人を助けてあげたいと思っているのでしょう。それを非難する気はありません。私も彼のお陰で助かりましたから」

「ひとつ訊いてもいいですか」

「はい。何でしょう」

「福沢さんの件ですが、飲んでいた糖尿病の薬の名前を麻由美さんに訊きませんでしたよね。それがどうしてなのか、ちょっと気になって」

これまでの経験からして、患者さんと薬の話をするとき、毒島さんは服用した薬の名前をくわしく確認していた。しかしあのときはそれを麻由美に聞こうとはしなかった。ただ糖尿病の薬として話を進めていただけだ。爽太はそこに違和感を覚えていた。

「それは、薬の名前を確認しても意味がないからです」

「意味ですか」

「薬について薬剤師は嘘を言えません。それは職業上の絶対的な倫理です。しかし知らなければ一般的な話として済ませられます。あの場合、薬の名前を知っても、麻由美さんにあれ以上の利益を与えられるかはわかりませんでした。それを知ったことで、かえって悪い情報を与える可能性もあったのです。たとえばインスリン分泌薬には速効性の薬や、水なしで飲める口内崩壊錠があります。そういった薬を服用していたなら、また事情が変わってきたかもしれません。でも、それを指摘しても誰も幸せにはなりませんし、聞いてしまえば嘘は言えません。だからあえて訊かないという選択を取ったのです」

そういうことだったのか。

「あんな場面でもそこまで考えていたんですね。やっぱり毒島さんはすごいです」

「水尾さんこそ、よくそれに気がつきましたね。私にはそれがびっくりです」

「一応、毒島さんからは色々と話を聞かせてもらっていますので」

見直したという目で見られて恥ずかしくなった。それで慌てて話題を変えた。

「それよりもみなさんのお話を聞いて、自分のことが嫌になりました。のんべんだらりと何も考えずに生きてきたような気がして、平凡な生き方しかできない自分が恥ずかしく思います」

「平凡で悪いことなんかありません。私はいいと思いますよ」

「でも退屈じゃないですか」

「そんなことはないです。水尾さんと話をしていて退屈に思うことはありません」

ああ、でも、と毒島さんがあたりを見まわした。

「いつも同じ場所というのはたしかに新鮮味に欠けますね」

そこは風花の窓際の席だった。いつもと同じナポリタンとコーヒーのランチセット。たしかに見飽きた風景だ。

「それならどこかに行きましょうか。これからはいい季節になりますし、人の少ない場所に行けば、きっと気分が変わってのんびりできますよ」すかさず爽太は口にした。

「そうですね。考えてみましょうか」

毒島さんが微笑んで、爽太は心の中で、やったと叫んだ。

作中に出てくる薬の商品名は架空のものです。
薬は医師や薬剤師に相談のうえ使用してください。
この物語はフィクションです。もし同一の名称があった場合も、実在する人物・団体等とは一切関係ありません。

〈参考文献〉

『毒草を食べてみた』植松黎　文春新書
『身近にある毒植物たち　〝知らなかった〟ではすまされない雑草、野菜、草花の恐るべき仕組み』森昭彦　サイエンス・アイ新書
『毒草・薬草事典　命にかかわる毒草から和漢・西洋薬、園芸植物として使われているものまで』船山信次　サイエンス・アイ新書
『正倉院薬物の世界　日本の薬の源流を探る』鳥越泰義　平凡社新書
『和漢診療学　あたらしい漢方』寺澤捷年　岩波新書
『薬のルーツ〝生薬〟科学的だった薬草の効能』関水康彰　技術評論社
『生薬の働きから読み解く　図解　漢方処方のトリセツ［第2版］』川添和義　じほう
『マンガでわかる　東洋医学の教科書』監修・三浦於菟　マンガ・中西恵里子　ナツメ社

宝島社
文庫

病は気から、死は薬から　薬剤師・毒島花織の名推理
（やまいはきから、しはくすりから　やくざいし・ぶすじまかおりのめいすいり）

2022年2月18日　第1刷発行
2023年7月19日　第3刷発行

著　者　塔山 郁
発行人　蓮見清一
発行所　株式会社 宝島社
〒102-8388　東京都千代田区一番町25番地
電話：営業 03(3234)4621／編集 03(3239)0599
https://tkj.jp
印刷・製本　中央精版印刷株式会社

ISBN 978-4-299-02617-0

『このミステリーがすごい!』大賞 シリーズ

宝島社文庫

《第21回 文庫グランプリ》

レモンと殺人鬼

十年前、父親が通り魔に殺され、母親も失踪。不遇をかこつ日々を送っていた小林姉妹だが、ある日妹の妃奈が遺体で発見される。しかも被害者であるはずの妃奈に、生前保険金殺人を行っていたのではないかと疑惑がかけられ……。妹の潔白を証明するため、姉の美桜が立ち上がる。

定価 780円(税込)

くわがきあゆ